U0910024

图书在版编目（CIP）数据

智美更登：汉、藏 / 尕藏译；索南东智绘. -- 西宁：青海人民出版社，2019.9（2022.8 重印）
（中国藏戏八大经典丛书）
ISBN 978-7-225-05828-3

Ⅰ. ①智… Ⅱ. ①尕… ②索… Ⅲ. ①藏戏—地方戏剧本—中国—汉语、藏语 Ⅳ. ① I236.75

中国版本图书馆 CIP 数据核字 (2019) 第 213985 号

中国藏戏八大经典丛书
智美更登（汉、藏）
尕　藏　　译
索南东智　绘

出 版 人　樊原成
出版发行　青海人民出版社有限责任公司
西宁市五四西路 71 号　邮政编码：810023　电话：（0971）6143426（总编室）
发行热线　（0971）6143516 / 6137730
网　　址　http://www.qhrmcbs.com
印　　刷　陕西龙山海天艺术印务有限公司
经　　销　新华书店
开　　本　890 mm × 1240 mm 1/32
印　　张　5.875
字　　数　130 千
插　　页　20
版　　次　2019 年 12 月第 1 版　2022 年 8 月第 3 次印刷
书　　号　ISBN 978-7-225-05828-3
定　　价　36.00 元

主要人物

（按出场次序排列）

格丹桑毛——智美更登的母后

萨君知巴——智美更登的父王、柏岱国国王

智美更登——国王萨君知巴的儿子

达拉泽——国王萨君知巴的魔臣

达哇桑布——白玛兼国国王

蔓代桑毛——智美更登的妃子

香赤赞布——泄麻香种国国王

罗哲——香赤赞布的婆罗门使臣

达哇桑保——国王萨君知巴的大臣

松保——六十个属国的国王之一

华丹——属民和侍从们的代表

མི་སྣ་གཙོ་བོ།

(དོ་རར་ཐོན་པའི་གོ་རིམ་ལྟར་བསྒྲིགས)

དགེ་ལྡན་བཟང་མོ། — དྲི་མེད་ཀུན་ལྡན་གྱི་ཡུམ།

ས་སྐྱོང་གྲགས་པ། — དྲི་མེད་ཀུན་ལྡན་གྱི་ཡབ།

དྲི་མེད་ཀུན་ལྡན། — རྒྱལ་པོ་ས་སྐྱོང་གྲགས་པའི་སྲས།

ཏྭ་ར་མཛེས། — རྒྱལ་པོ་ས་སྐྱོང་གྲགས་པའི་བདུད་བློན་ཞིག

ཟླ་བ་བཟང་པོ། — ཡུལ་པདྨ་ཅན་གྱི་རྒྱལ་པོ།

མཛྫེ་བཟང་མོ། — དྲི་མེད་ཀུན་ལྡན་གྱི་བཙུན་མོ།

ཤིང་ཁྲི་བཙན་པོ། — ཡུལ་བྱེ་མ་ཤིང་དྲུང་གི་རྒྱལ་པོ།

བློ་གྲོས། — ཤིང་ཁྲི་བཙན་པོའི་བྲམ་ཟེའི་བང་ཆེན་ཞིག

ཟླ་བ་བཟང་པོ། — རྒྱལ་པོ་ས་སྐྱོང་གྲགས་པའི་བློན་པོ་ཞིག

བཟང་པོ། — རྒྱལ་ཕྲན་དྲུག་ཅུའི་རྒྱལ་པོ་ཞིག

དཔལ་ལྡན། — རྒྱལ་ཕྲན་དྲུག་ཅུའི་འབངས་འཁོར་གཡོག་རྣམས་ཀྱི་འབྲུས་མི་ཞིག

在很多劫数以前，柏岱国有一名叫萨君知巴的国王。国王统属着三千名大臣，六十个诸侯国。国库中奇珍异宝样样齐全，其中有能满足各种欲望的祖传国宝——“管多宏觉”[①]。

至高无上的国王萨君知巴，虽有五百个优等种姓的王妃，五百个福德双全的王妃，五百个才貌出众的王妃，却没有继承王业的后裔。国王经常长吁短叹，为了求得一个英俊的王子，按照卜卦者的吩咐，虔诚地供养三宝，施食八部鬼神，布施贫穷的男女老少。没过多久，聪慧贤良、具有女人八种功德的王后格丹桑毛，做了一个好梦，便向国王禀告。她说道：

尊敬的国王听我言，
昨晚三更好时辰，

① 管多宏觉：藏语，意谓“毁军如意宝”，即能够摧毁敌军的如意宝贝。

我做了一个奇特的梦，
从全身三百六十个小脉络，
到头顶大乐轮[①]，
现出了一个金光闪耀的金刚杵，
金刚杵顶端触到天空，
耀眼的光芒普照四方，
天际布满了美丽的彩虹，
空中吹响了三千海螺号。
这是从我玉体的无量胎宫，
将要诞生一个王子的预兆，
请求国王虔奉佛门做法事。

萨君知巴听后非常高兴，说道：

心心相印的格丹桑毛，
你我形影相随没分道，
从你天女一样的贵体，
到慈悲无量的大乐轮，
生出金光闪耀的金刚杵，

① 大乐轮：密宗所说头部眉间中脉分出三十二脉瓣，构成伞形脉轮。

是诞生万民贤君的先兆。
光和彩虹搭起的天幕，
是诞生菩萨化身的先兆，
空中吹响三千白螺号，
是旗幡招展四方的先兆。
上敬三宝①的加持力，
下行布施的加持力，
敬奉无欺处②的加持力，
终为我赐送王子，
是由你实现我心愿的先兆。
我定会按你的话虔敬佛门，
邀请德行高尚的智慧上师，
五百班钦③共同念诵《心要经》。
“吽”“呸”之诵咒声隆隆如雷鸣，
把猛烈咒符法物投向顽敌，
使败坏佛法的怨敌成齑粉，
为招财招运招来吉祥福祉，

---

① 三宝：指佛、法、僧。

② 无欺处：依靠处、皈依处，指佛法僧。

③ 班钦：大学者，此处指伏魔法师。

将施食与灵物[①]统统抛出！

国王萨君知巴说完，马上进行了祭祀。

过了九个月零十天，王后格丹桑毛生下了一个王子。王子一生下来，口念六字真言[②]，眼流慈悲泪水，后来成为一位像母亲对待自己唯一的孩子那样慈爱众生的贤君。

王子的诞生，使国王和大臣们无不欢欣鼓舞，便取名为智美更登，以丰盛的供养精心抚育，迎进了犹如珍宝一样辉煌的安乐宫。

五年以后，五岁的智美更登学会了文字，精通了五明[③]和各种经典，并宣扬六道众生[④]皆为父母的教义。智美更登说道：

呜呼！
像我在生死轮回苦海深处的人，
留恋着幻术一样虚无的金银财宝，
想到这里世间众生真可悯。

---

① 灵物：用以供神和布施鬼类的各种模拟物。

② 六字真言：唵嘛呢叭咪吽。

③ 五明：此处指大五明和小五明。大五明即工巧明、医方明、声明、因明、内明，小五明即韵律、星象、修辞、戏剧、辞藻。

④ 六道众生：佛教指天、非天、人、地狱、饿鬼、畜生为六道众生。

呜呼！

在欲望火海中的三界生灵，

跳不出生死轮回的火坑，

留恋着缥渺幻变的妙欲，

顽固执着我执邪念难解脱。

追求夫妻恩爱的人们，

不时地发誓永不分离，

最终犹如拔帐迁徙人去地空，

执着爱慕不悟真可怜。

父母本为六道众生所共有，

哪有你我之区分。

如同蜜蜂酿蜜积财物，

却被别人拿去享用真可怜。

背着沉重罪孽的包袱，

坠入恶趣[①]深渊真可怜。

不把良言当作真谛看，

愚昧无知的众生真可怜。

身为王子的我，

生活在无明凡夫之中真可怜。

---

① 恶趣：六道众生中的天、非天、人为三善趣；地狱、饿鬼、畜生为三恶趣。

父王辛勤积攒财富，
如此之多有何用，
请求父王大发慈悲，
让我把它统统施予人。

父王萨君知巴说道：

智美更登我的儿，
未生你前求子心迫切，
父王同意把所积的财物，
按你的意愿去施舍。

从此，王子大行布施，使很多人从贫穷的苦难中得到解脱。一天，奸臣达拉泽求见国王萨君知巴，启禀道：

敬禀大王陛下，
您所积攒的珍珠财宝，
却被王子智美更登施舍尽。
国王若把国库捣腾空，
将会变成他人的属民。
小臣叩求大王陛下，

给王子娶妃并封存财物。

经众臣共同商议，一致同意将邻国白玛兼国国王达哇桑布的美丽动人、白皙沁芳、虔诚佛教、心胸宽广、喜欢布施并像仙女一样迷人的蔓代桑毛公主迎娶为智美更登的妃子。

这位公主自从嫁给智美更登为妃之后，就像对待自己的上师那样尊敬智美更登。一日，她对智美更登说道：

污垢不染像佛陀，
品德高尚功德深，
吉祥如意享荣华，
诸事圆满转轮王[①]，
桑毛嫁你心欢畅。

智美更登也深情地爱恋着蔓代桑毛公主，他赞美道：

天生丽质胜天仙，
歌声悠扬舞姿美，
倾国倾城淑女你，

① 转轮王：佛教指能统治一切众生的王。

令我神魂皆颠倒，
你我有幸成伉俪，
共享福贵不分离。

智美更登和蔓代桑毛在富丽堂皇的安乐宫里，共同修习神圣的佛经并过着安闲舒适的生活。几年后，蔓代桑毛先后生下两男一女，老大名叫鲁丹，老二名叫鲁怀，女儿名叫鲁泽玛。每生一个孩子时，都会举行盛大的庆典仪式。

有一天，国王带着侍从和众臣，在花苑赏花时，那里聚集了很多人，他们像绵羊进了屠场见到了屠夫一样，一双双无助的眼睛惊奇地望着国王。王子智美更登看到后叹惜道：“善哉，诸本尊和大慈大悲的观世音菩萨啊！”然后悲伤地回到宫中，口中念着六字真言，茶饭不思，沉睡不起。

这时，国王萨君知巴来到王子智美更登的榻边，说道：

亲爱的孩子智美更登，
你在华丽的安乐宫里，
应该享受富足的生活，
可为何如此悲哀痛苦？
你要如实地告诉父王！

智美更登回答道：

帝释天一样的父亲啊，
生死轮回的各种苦难，
是我产生忧伤的根源。
命运促使的六道众生，
掉进了生老病死的深渊。
如果众生能从痛苦中得到解脱，
孩儿就会变得无比安然。

萨君知巴说道：

智美更登儿仔细听：
众生的痛苦是命运所注定，
为此忧伤不会有什么效果。
你尽管享受安乐富贵，
违背父意是不好的品行。

智美更登回答道：

父王啊请您听我说，

遭受磨难的众生多可怜，
如果把父王积蓄的财物，
布施给一贫如洗的穷人，
孩儿的忧伤就会得到解除。

萨君知巴说道：

英俊善良的王子智美更登，
我的心全搁在你一人身上，
只要能解除你的忧伤悲痛，
万事都可随你的愿望去做。

于是，国王将全部国库赐给了智美更登，让他尽情地享用和布施这些财物。从此，智美更登把国库的财物聚集在一起，为南瞻部洲的黎民降下了布施的甘露。王子又教众人口念“唵嘛呢叭咪吽”六字真言，皈依佛门，把他们从贫穷的痛苦中拯救出来。

毗邻的泄麻香种国国王香赤赞布是个品行不正的人，有一天他召集自己的部下，商谈国是，他对大家说道：

诸位属下倾耳听本王言，

最近街头巷尾人人都传说，
富足的柏岱国的京城里，
有个王子叫智美更登，
他慷慨舍散国库的财物，
如果谁能讨到该国的国宝“管多宏觉”，
我愿把半壁江山让给他。

部下们听后，都不敢上前领命，他们低头寻思：别说讨到国宝“管多宏觉”，说不定连命也会丢在柏岱国。这时，有个老婆罗门罗哲上前说道：“国王陛下，只要赐给我足够的盘缠，小人愿为您效劳。”

国王香赤赞布赐给老婆罗门罗哲所需的一切路途费用后，命他立即出发。老婆罗门罗哲翻过了无数的高山峡谷，来到柏岱国的都城，当他昏花的眼中流着老泪，双手撑着下颌，在安乐宫外歇息时，走来一个大臣问道：“老人家，你从何处来？到这里有什么事？”

老婆罗门罗哲回答道：“小人来自泄麻香种国，想找王子智美更登施舍一些衣食财物。”大臣进宫向王子智美更登禀告了老人的诉求，智美更登非常高兴地来到宫外，对老人说道：

远方的朋友啊，

你翻山越岭来到这里，
一路一定吃了不少苦吧？
需要什么请你告诉我，
任何愿望都可满足你。

老婆罗门罗哲双手合十，热泪盈眶地说道：

像众生眼珠一样的王子，
我家住在泄麻香种国，
香赤赞布是我们的国王。
因患胃病三年前驾崩，
部下和属民也逃得精光。
我的名字叫婆罗门罗哲，
是吃了上顿没有下顿的一家之长，
孩子们一个个瘦得像饿鬼，
整天围着我要吃要喝，
白天没有食物填肚子，
晚上没有铺盖裸身卧地上。
假如你能赐给我所求的物品，
我发誓终身把真言颂扬。

智美更登带着老婆罗门罗哲走进国库，赐给了各种各样的珍贵财物。

老婆罗门罗哲说道：

尊贵的王子啊，
我所求的不是这些东西，
而是无价的“管多宏觉”。
请求王子智美更登，
把国宝“管多宏觉”赐给我。

智美更登说道：

婆罗门罗哲啊，
父王没把国宝赐给我，
我也无权把它送给你，
施舍国宝给别人会招惹是非，
请你接受我能做主的东西，
不要妄想得到如意国宝。

老婆罗门罗哲说道：

听说你布施财物很慷慨，
我才长途跋涉来到这里，
没想到原来你这么小气，
就连“管多宏觉”都舍不得，
还说什么对人按需施舍？
你违背了自己的誓言，
这些珍宝还是请你自己享用，
我要返回我的故乡去。

老婆罗门罗哲说完，生气地走开。智美更登追上老婆罗门罗哲，说道：

朋友啊请你别动怒，
国宝“管多宏觉”，
是白龙女献给阿弥陀佛的礼物，
阿弥陀佛又把它赐给了父王，
并非赐给了我智美更登。
由于有了国宝“管多宏觉”，
父王的社稷才这么牢固；
由于有了国宝“管多宏觉”，
才有了达桑等三千侍臣；

由于有了国宝“管多宏觉”，
我们才享受着安乐富足；
由于有了国宝“管多宏觉”，
金银珍宝堆满了国库；
由于有了“管多宏觉”，
凶恶的仇敌不敢来侵犯。
“管多宏觉”是三界稀有的珍宝，
是大千世界最好的宝物，
虽然父王没有赐给我，
但为了佛门的善事，
哪怕降下杀头之罪，
我也要把它布施给你。

于是智美更登将国宝“管多宏觉”如意宝瓶和一头大象交给婆罗门罗哲，并对婆罗门罗哲说道：

善良的婆罗门罗哲啊，
快把“管多宏觉”这个宝物，
驮在身高力强的大象上，
不然父王知道会抓住你，
不仅要夺回国宝和大象，

而且还会将你千刀万剐。
请快快踏上艰难的回程，
但愿于己于人圆满如意。

老婆罗门罗哲回答道：

王子嘱咐的话我都记住了，
你是救护三界众生的菩萨，
你是指引三界众生解脱的圣贤，
你是应该朝拜的贤良国君，
你是弘扬佛门的圣徒，
你是乘渡轮回河水的大船，
你是毁灭生死轮回的勇士。

老婆罗门罗哲赞颂完毕，便把国宝驮在大象上，高兴地告别智美更登启程回国去了。智美更登祈祷道：

十方如来及佛子，
智美更登由衷来祈祷，
为了满足众生的愿望，
了却我大乘的施舍缘法，

保佑婆罗门罗哲带着“管多宏觉”，

平安地回到泄麻香种国去。

智美更登祈祷完毕，便回宫去了。

过了一个月，柏岱国的臣民们这才知道国宝“管多宏觉”已经不在自己的国家，举国上下都为此感到不安。

有一大，柏岱国的内外大臣们进行商议，推选魔臣达拉泽前去向国王奏道：

尊贵的国王陛下，

您的国宝“管多宏觉”，

已被王子送给了敌人，

如果不信臣所奏，

陛下亲自去调查，

没有国宝有儿有何用？

应当依法治他的罪。

萨君知巴说道：

达拉泽的话可当真？

本王听了后似信又不信，

请你不要用谎言来离间，
他怎敢把国宝送敌人？

魔臣达拉泽说道：

我目睹国宝“管多宏觉”，
被王子送给婆罗门罗哲。
陛下如果不信我告发，
就难制止王子滥施舍。

魔臣达拉泽说完便生气地走了。国王就像喝了烈性毒药，全身麻木，脸色发紫。

翌日，太阳刚刚升起，国王便来到智美更登的寝宫。智美更登见了父王，既不敢抬头，也不敢说话。萨君知巴对智美更登说道：

我儿智美更登听，
莫说假话说实情，
父王传家如意宝，
光芒照耀万座城，
你是否送给了敌人？

智美更登请你快回答。

智美更登双手合十地叩拜父王，不敢说出真情。萨君知巴继续说道：

我虽有九万二千座城池，
六十个属国和二千个内臣，
五百个如意珍宝和无数金银，
但没有第二个“管多宏觉”，
你是否把它送给了敌人？

智美更登很害怕，没有了国宝，无法掩饰住真情，只好说出实情，便仗着胆子说道：

怙主国王听儿说，
门外来了一位婆罗门，
跋山涉水来求我施舍，
贫穷潦倒无依又无靠，
饥饿折磨得像骷髅，
为了实现我的诺言，
就把国宝送给了他。

国王一听顿时晕了过去，经王后和仆人抢救，才慢慢地苏醒过来。国王萨君知巴又说道：

北方妙音香柏那单国，
扎羊那扎国王权重势又大，
但没有如此稀世国宝；
盛产珍宝的南瞻部洲，
扎巴它迈国王虽然有权且有势，
但没有这样稀有的珍宝；
中央盛产珊瑚的恩扎火哈国，
恩扎波德国王虽有权势，
但没有这样稀有的珍宝。
我的如意宝藏大宝瓶，
是攘外安内的无价宝，
却被你这个败家子送了人，
从此国运犹如被风吹！

智美更登说道：

尊贵的父王听我言，
孩儿想走乐善好施路，

发誓别人要啥就给啥，
如果有人要我施妻儿，
我也一定送给他，
即使是生命也敢施舍，
请求父王不要贪财物。

萨君知巴说道：

昔时因有无价镇国宝，
社稷兴盛百姓很幸福。
现在无价国宝已不在，
我的社稷将被敌人夺去。
你这前世注定的冤家，
为何不问父王和母后，
就把国宝送给了敌国？

智美更登说道：

尊贵的父王啊，
当年你我有言在先，
不但情愿施财救黎民，

就连生命和亲生的孩子，
以及“管多宏觉”我也愿布施。

萨君知巴说道：

当时我答应各种如意珍宝，
铜铁金银和五谷，
还有牛马大象及水牛，
任你施舍济黎民，
可那“管多宏觉”和你的生命，
哪能随意布施给别人。

智美更登说道：

父王请您听儿说，
蜂儿虽然每天辛勤地酿蜜，
到头来却不能享受甜美的蜜汁。
父王虽然积储了无数财物，
到头来会感到毫无意义。
就连拥有三千世界的国王，
当离开阳世人间时，

也只能两手空空去。
尊敬的父王啊，
请不要留恋魔幻一般的财富。
哪怕吝啬的心肠结成疙瘩，
施舍出去的国宝难以归还。

萨君知巴说道：

前世的冤敌变成了儿子，
国宝“管多宏觉”的丢失，
像温暖的太阳沉落在天际，
哀哉哀哉请看这件事情，
像妖风吹走了我的社稷。

智美更登说道：

不要把无常的财物吝惜，
对六道众生要仁慈怜悯。
只要远离吝啬皈依佛门，
普照众生的太阳就会升起。

萨君知巴说道：

亲生的儿子变成了仇敌，
固执邪念将我的国库洗劫一空。
敢把国宝献给敌国的仇人，
不依法惩治留你有何用！

国王把智美更登交给了刽子手，刽子手们把智美更登的服饰扒光，双手倒绑，绳拴脖子牵出王宫进行游街。

这时，乌发零乱、眼盈泪水的蔓代桑毛带着儿女，紧紧跟着王子智美更登。蔓代桑毛说道：

英俊善良的智美更登，
未离开人间却受着地狱的酷刑。
天上的神兵为何不来拯救？
四方的诸佛为何不来作证？
四方的诸佛天上的神兵，
请对无罪的王子发发慈悲之心。
英俊善良的智美更登，
对佛门善业非常虔诚，
可毫无见识的众大臣，

却忍心让他受酷刑。
父王不要王子却要国宝，
这种做法天理难容，
即使是敌人也难忍这酷刑。
光明诸神和夜叉群，
帝释天和土地神，
紧那罗[1]和威猛的众天神，
你们有没有普渡众生的神通，
如果从苦海中救出我们母子，
我们定会知恩报恩。
哀哉哀哉与其看这种惨景，
倒不如趁早了结这苦难的一生。

众刽子手的箭袋中插有白藤箭、背有硬角弓、腰挎刀剑、手执象鼻鞭子、吹着恐怖的号筒，这种披甲戴盔的场面，真是吓煞人。有的刽子手从后面推着智美更登，有的在前面牵着智美更登，白天进行游街，晚上把智美更登囚禁在漆黑的地牢里。

这时，全城的百姓都汇集到这里。悲痛欲绝的蔓代桑毛母子，捶胸顿足，泪如涌泉。蔓代桑毛说道：

① 紧那罗：梵文译音，人非人，传说天龙八部化作人形在佛前听法，似人而非人。

智美更登你是众生的指路恩人，
为救被贫困折磨的苦难穷人，
按需布施满足了众生的愿望。
谁知今日善业功果未修成，
却要承受惨不忍睹的酷刑，
我们母子的福德已尽。

说完蔓代桑毛失声痛哭。

这时，国王召集了一些大臣众僚，商议惩处王子智美更登的办法，国王说道：

诸位臣僚听本王言，
谁料意外事情已经发生，
王子把国宝送给了敌人。
诸位臣僚细细想一想，
应当怎样处置他？

大臣甲说道："如果犯了罪，虽然是王子也该定罪，依我看，应该剥他的皮，抽他的筋！"

大臣乙说道："不，应该送上绞刑架！"

大臣丙说道："应该断肢分尸！"

大臣丁说道："应该活活地掏出他的心肝肺腑！"

大臣戊说道："把肉体拉入网眼！"

大臣己说道："不论头足，到处放血！"

大臣庚说道："应该用棒槌打成肉浆！"

大臣辛说道："砍下首级，挂在城门上！"

大臣壬说道："把王子、王妃和孩子一起抛进深洞。"

大臣们议论纷纷，谁都认为该定智美更登死罪。

萨君知巴却不忍心地说道：

诸位爱卿再作商议，
王子智美更登是菩萨化身，
他为了善业犯了死罪，
但谁能忍心判他死刑？

这时从文臣中走出了一个虔诚佛法、喜欢佛经的大臣，名叫达哇桑保的说道：

聚集在这里的众大臣，
你们这是胡言乱语，
尊贵的国王就只有一个王子，
如果没有国王万民该咋办？

想起这些我感到很忧伤，
恨不能逃到天涯海角。
大王请您放宽心胸，
莫要轻信愚臣们的滥言。
像顶饰一样的智美更登，
是杰出的佛陀化身，
无量功德语言难表明，
当押着游街的时辰，
百姓们见王子受刑谁不痛心，
王妃蔓代桑毛母子，
跟在后面似癫似疯。
全城的大臣和黎民，
一个个都愿替王子赎罪顶命。
我请诸位仔细听，
蒙古和吐蕃诸法律，
怎能同时罚于一个人？
犹如一匹骏马怎能同时备上两个鞍？
对王子施舍国宝的罪，
现已罚够应开释。

萨君知巴说道：“带王子上殿！”达哇桑保急忙走出王宫，

命人给智美更登松绑，并献上衣袍让王子换上，并对王子说道："大王宣你进宫见驾。"智美更登欲行，王妃蔓代桑毛母子怕国王要杀智美更登，边哭边死死地抓住不放。达哇桑保难过得鼻子发酸落下眼泪。转身急忙走进王宫，来到国王面前禀告道：

我去解开绳索请王子，
不料蔓代桑毛和子女，
害怕要杀王子智美更登，
双手拉住王子不肯放松，
大王请您仔细思忖。

萨君知巴说道："那么，把他们都带上来！"

达哇桑保迅速出宫，带着智美更登和蔓代桑毛母子五个人进宫。智美更登和蔓代桑毛母子来到国王面前向国王叩首问安。萨君知巴说道：

前世的仇敌化身成儿子，
把国宝送给了敌人，
将国库洗劫一空，
干出了亲者痛仇者快的恶劣事情。
很多国是皆被你败坏，

很多国计坏在你手中，
为了惩罚你的罪孽，
流放你到鬼哭狼嚎的哈香地方去，
在魔山哈香上住十二年整，
命你快快离开柏岱城！

智美更登说道：

儿请父王仔细听，
不按佛法治理国家，
无疑是国王的失误。
父王对我不讲慈悲，
却交给刽子手折磨，
浑身关节遭敲打，
头和双足用荆棘鞭挞，
像一匹野马被绳捆索绑，
像囚犯被刽子手围攻，
像被俘的战士游街示众，
像一具尸体裸露荒原，
白天像虔诚的信徒去转经，
夜晚像偷来的珍宝藏于地洞，

像罪犯受尽了酷刑摧残。
我所忍受的种种苦难，
可别降在别人的身上，
云幻般的财物我丝毫不留恋，
孩儿愿遵父命流放到远方，
趁这离别的时刻，
敬祝父母亲属贵体安康，
祝愿臣民幸福万万年。

智美更登和蔓代桑毛母子五个人回到自己的宫室，把剩余的财物施舍给穷人，准备去魔山哈香。王公贵族和臣民们前来饯行。每一个诸侯国王送给他一枚金币，每一个大臣送给他一枚银币，九万多百姓送来了很多马匹和大象，而智美更登却把这些财物统统施舍给了穷人，自己仍然两手空空。

智美更登对爱妻说道：

贤妻蔓代桑毛听我讲，
我遵父命要去魔山，
你带着儿子和女儿，
到白玛兼国你父王身边去，
祝你们母子幸福平安，

十二年后我们再团聚。

蔓代桑毛说道：

我怎忍离你到那白玛兼国去，
我怎忍离你去那安乐宫，
我怎忍你独身一人去魔山哈香，
哪能有福夫妻共同享，
遇难却把夫君弃，
患难与共莫分离，
带我母子四人去魔山哈香。

智美更登说道：

蔓代桑毛请别那么说，
在那幸福欢乐的王宫，
有难事可请教父母亲，
痛苦时孩子可以慰藉你心灵，
衣食起居婢女服侍你，
情投意合的挚友陪伴你，
坐在圣洁莲花坐垫上，

百味佳肴可充饥，
香茗甘露可解渴，
欢歌曼舞可慰藉。
暑寒无常的魔山哈香上，
饿了只能用野果草根填充饥肠，
渴了只能用潺潺的流水来润嗓，
冷了只能身披树叶铺草垫，
忧伤时只有飞禽走兽来作伴，
白天千里无人最凄凉，
夜里鬼哭狼嚎太阴森。
狂风暴雨昼夜不间断，
魔山并非你们的安身地，
我劝妻儿回到父母身边去！

蔓代桑毛拉住智美更登的手说道：

王子如果不带我们去，
今日情愿以死相别离，
请求智美更登发慈悲，
恩准全家一起去魔山哈香。

智美更登说道：

爱妃桑毛听我言，
我生性乐善又好施。
如果有人来乞讨，
妻子儿女敢施舍，
即是生命也舍得，
到时你会阻碍我施舍，
因此我劝你们留下来。

蔓代桑毛说道：

祈求王子听我桑毛讲，
只要肯带我们去魔山哈香，
我来帮助你施舍，
如果需要施舍我母子，
我一定满足你的愿望，
请你带上我们去那流放地。

经过蔓代桑毛的百般请求，智美更登答应带他们母子去魔山哈香。于是，王子智美更登来到母后格丹桑毛的宫中，向母后叩头请安，并说道：

养育三时[①]诸佛的慈母，
具有四无量[②]和十度[③]，
满足了心愿的母亲，
请听孩儿智美更登言，
我把国宝施给了敌人，
父王降罪进行了严惩，
罚我去魔山哈香的荒山野岭，
去过流放生活十二年，
祝您寿比南山福气旺，
祝您无痛无恙常健康，
如果儿还活在阳世上，
母子相会畅享天伦之乐。

格丹桑毛听后昏厥倒地，半晌苏醒后泪流满面，双手紧握智美更登的手，说道：

---

① 三时：过去、现在、未来。

② 四无量：四种无量心，佛书所说大乘人为一切众生修行，引生慈无量、悲无量、喜无量、舍无量等四种无量福果之心。

③ 十度：十波罗蜜多，十到彼岸，即脱离三界苦海，依次证得十地果位：布施、持戒、忍辱、精进、禅定、智慧、方便、力、愿、智。

英俊善良的智美更登，
阿妈的心肝宝贝儿，
你怎能忍心丢下阿妈去魔山，
谁知阿妈能否再活十二年，
你去魔山我将依靠谁，
生离死别令我多伤感！
不知你父王现在心中怎么想，
当初没有王子多惆怅，
上奉三宝虔诚求加持，
下行布施广泛积功德，
三宝无欺神力来加持，
生下王子夫妻心欢畅。
正当国人倾慕王子时，
为何驱逐王子去远方？
难道鬼迷心窍失理智？

智美更登说道：

请求慈母莫悲伤，
三界轮回诸众生，
有聚有散是法则。

慈母如此疼爱儿，
血脉相通是缘由。
企盼放逐刑满后，
今世母子能相会。
假如此生难相逢，
来世净土再相见。

王后格丹桑毛抓住王子智美更登的手，泪如雨下。但又一想王子要去很远的地方，痛哭流涕对远行的儿子不吉利，遂拭去泪水，朝十方的诸神磕头祈祷道：

多如瀚海的十方佛陀，
阿罗汉和观世音菩萨，
威力勇猛护法四天王，
财神毗沙门及诸空行，
祈请诸神听我虔启白：
保佑我儿一路乘顺风，
平安抵达流放哈香地，
跋山涉水穿越深谷时，
莫让劳累困惫折磨他。
到达魔山哈香服刑时，

赐他一座帝释天宫住。
把他所食各种野生果，
变成百味俱全的美食。
把他要喝的山间溪水，
变成营养丰富的乳汁。
把护体树叶和铺床草，
变成五色艳丽的莲花座。
把凶禽猛兽的吼叫声，
变成诵大乘经的妙音。
把峡谷深涧的流水声，
变成口诵六字真言声。
当深谷的酷热难忍时，
请天女下凡给他遮凉。
当他住在恐怖荒山时，
请诸佛帮他分担忧恐。
当他身体染上疾病时，
自找天然良药来医治。
无论住在荒岭或深谷，
驱除艰难困苦享幸福，
消除违缘创造诸顺缘。
祝愿佛子智美更登儿，

施舍宏愿像如意树茂盛。
千言万语汇成一句话，
祝愿母子早日得团圆。

智美更登和蔓代桑毛母子五个人准备出发去魔山哈香时，有两匹马驾着智美更登的车辇，两匹马驾着蔓代桑毛母子四人乘坐的车辇，三头大象驮着生活必需品启程了。

出发时，以格丹桑毛为首的一千五百个王妃，以松保为首的六十个属国的国王，以达哇桑保为首的三千个大臣，以华丹为首的属民和侍从们在一片怅然的悲叹声中,跋涉了山山水水，为智美更登他们送行。这时，智美更登对大家说道：

感谢母后和众王妃，
松保及桑保众大臣，
华丹属民侍从们，
跋山涉水来相送，
智美更登很感动。
长期相聚今分离，
聚散无常是常情。
我的决心已下定，
现在请回别远送。

临别忠言来劝告，
回家虔诚礼佛法。
死殁无期慨施舍，
诚心信奉佛法僧。
为获加持敬上师，
消除灾难祀空行。
待到流放期满后，
返回家乡喜相逢。
此生无缘来相会，
来世净土再相逢。

听了王子的这番临别忠言，送行的臣民难过地和王子智美更登叩首相别。这时，格丹桑毛抓住智美更登的手悲伤地说道：

善良的王子智美更登，
你是阿妈的双眼和心肝，
如今要流放到荒凉的地方去，
犹如将阿妈的心抛向荒山野岭，
就像众生的太阳已近沉沦。
父王被魔臣所左右支配，

干出这些意想不到的事情，
让我今后去依靠谁？
具有菩萨心肠的智美更登，
阿妈劝你别痛苦莫忧伤，
当我想起你的时候，
从心底唤一声智美更登。
当听到三夏的苍龙怒吼时，
便是我想起你的信号，
我唤你三声智美更登，
你也喊三声阿妈，
再喊三声格丹桑毛给回答；
当三冬的寒风怒嚎时，
便是我想起你的信号，
我唤你三声智美更登，
你也喊三声阿妈，
再喊三声格丹桑毛给回答；
当三春的布谷鸟啼鸣时，
这便是我想起你的信号，
我唤你三声智美更登，
你也喊三声阿妈，
再喊三声格丹桑毛给回答。

你把阿妈牢牢记在心，
咱母子此生会相逢。
倘或今世无缘难相见，
来世菩提道上再相会。

说完，格丹桑毛泪涟涟地返回皇宫。

告别了母后，智美更登和蔓代桑毛五人走到一个峡口回望时，送行的众人已经走远。智美更登他们继续前行，当来到下一个隘口时，遇上了三个婆罗门穷人上前化缘。智美更登非常高兴地说道：

能负重善行的宝象，
是来自宝岛的珍宝，
我虽然非常需要它，
为满足你们的愿望，
我愿意布施给你们。

于是，王子智美更登把大象和驮在大象身上的财物全部布施给三个婆罗门穷人。

他们又走了一由旬[①]之路，在名叫嘎郎结达的地方，又遇见五个穷人,乞求把马匹布施给他们。智美更登愉快地答应道：

宝马奔走如疾风，
车辇饰有莲花环，
慷慨施舍有誓言，
愿它神力大无穷。

王子智美更登把马匹和车辇布施给了五个穷人。此后，智美更登亲自在前面开路，中间是三个孩子，蔓代桑毛背着行李和干粮跟在后面。他们来到一个绿草茵茵、鲜花盛开、高山耸立、大地清静、溪流潺潺、野果累累、野兽出没、鸟类嬉飞的地方，智美更登一行五人在一棵多罗树下乘凉休息。这时，蔓代桑毛走到一条清澈的小溪边，喝了一口水后，抬头前后凝视半晌，除野兽嬉戏以外，再也见不到一个人影。触景生情，蔓代桑毛非常伤心地说道：

呜呼举目四处张望，
使我蔓代桑毛多么惆怅。

---

① 由旬：古印度的一种里程计算单位，一由旬等于四千弓，一弓等于五尺。

除了嬉戏的野兽飞禽，
到处呈显一片凄凉，
口渴只得喝生水，
积蓄财物还有啥用场？
这种凄凉出乎我想象，
莫非前世造孽遭报应？

智美更登见蔓代桑毛看着荒无人烟的山沟发呆，心想："前方还有很多艰难的路程和凶残的猛兽，时刻威胁着生命的安全，我应该劝她回去为好。"于是来到她的身边说道：

蔓代桑毛听我讲，
前面山高路遥远，
跋山涉水多艰难，
毒蛇猛兽常出没，
如此环境落脚难，
打道回府最安全。

蔓代桑毛听了王子的好心相劝，便上前叩首施礼道：

王子智美更登听我说，

刚才桑毛信口随便说，

离开你让我去依靠谁？

毫无疑虑决心跟你走。

他们又走了一段路，来到一片绿草如茵的平地上歇息时，蔓代桑毛越发伤心，但为避免智美更登听见，便默默自言自语道：

杂草污垢污染我衣衫，

荒无人烟唯见野蜂飞，

野兽出没百鸟在欢唱，

越看使我心中越忧伤，

夫妻儿女流放到边疆，

不知社稷是否仍兴旺？

他们启程上路，又来到一个山清水秀、野果累累、野兽嬉戏，使人心旷神怡的地方，蔓代桑毛心情豁然开朗，说道：

尊贵的王子听我讲，

你看这迷人的地方，

各种鲜花竞相开放，

清澈的溪流潺潺流淌，
美丽的布谷鸟尽情歌唱，
遍地的果树一望无际，
野兽悠闲嬉戏多欢畅，
我们在这安家有多好！

智美更登说道：

违背父命会造孽，
一定得去哈香山。

于是，他们又走了一程路，三个孩子的脚肿得不能行走。智美更登祈祷道：

上师本尊空行母，
土地神祇护法神，
听我虔心来祷告：
尽快到达流放地，
夫妻尚能赶路程，
年幼儿女脚肿痛，
祈求怜悯缩路程。

祷告完毕，这座山突然缩短了五百由旬的距离。

他们来到一条大河边，岸边有座天然大林苑，名叫郎丹玉娃园，园内盛开着各种莲花。蔓代桑毛对着馨香的莲花说道：

水生莲花离戏论[①]，
亭亭玉立展笑容，
头顶花蕊像施礼，
彬彬有礼在起舞。

前行，他们又来到一个名叫桑郎华吉伟的地方，又遇见三个婆罗门上前向智美更登叩首乞求布施。智美更登说道："见到你们非常高兴，但我已经没有什么东西可布施给你们了。"

三个婆罗门齐声说道："请你把三个孩子恩施给我们吧？"

智美更登说道："孩子尚小，不能服侍你们，再说孩子们离开阿妈也怪可怜的呀。"

三个婆罗门说："可怜什么？我们又不杀他们，主要是让他们干一些力所能及的杂活罢了。"

智美更登心想："看来，我得把三个孩子送给他们，因为我曾经发过誓，别人需要什么我就布施什么。但蔓代桑毛又怎

---

① 戏论：佛教用语，远离戏论，谓为不执著偏见，指空性和法性。

能忍心施舍呢？”遂对蔓代桑毛说：“你去采摘一些野果，准备招待三位客人。”

蔓代桑毛应声去采野果时，智美更登握住三个孩子的手说道：

鲁丹鲁怀鲁泽玛三兄妹，
长期相聚今日却要离别，
和睦共处而又各自分离，
这是聚而又散的无常特征。
美丽可爱的三兄妹，
并非我不疼爱你们，
轮回中的六道众生，
谁没有生离死别的苦痛？
你们不要留恋狠心的阿爸，
也不要留恋慈善的阿妈，
去服侍无依无靠的婆罗门。

说完把三个孩子交给婆罗门，他们手牵三兄妹离开时，鲁丹对三个婆罗门说要拜别父亲，婆罗门答应了鲁丹兄妹拜别父亲的请求。鲁丹对父王智美更登说道：

阿爸为完成伟大的善业，
立誓把我们送给了别人。
我按阿爸的旨意快走了，
但未见养育我们的阿妈，
心里充满了无限的悲痛，
但此刻的悲伤又有何用？

说完失声痛哭。

弟弟鲁怀接着说道：

阿爸发誓要将儿慷慨布施，
如果我们不去将会违背您的意愿，
为了阿爸的善业圆满我们即将离开，
但没有见到阿妈我们非常哀痛。
谁知这一生能否和父母重逢，
如果这一生无缘再相见，
祝来世在菩提道上咱们再相逢。

说完失声大哭。

妹妹鲁泽玛说道：

像小孔雀一样的鲁泽玛，
将离开菩提树一样的双亲，
去做贱种婆罗门的佣人，
为遵照父旨孩儿们要启程。
但未见用乳汁哺育我们的阿妈，
使我们兄妹仨悲痛万分。
如果这一世咱们不能再相见，
愿来世我们一家再重逢。

说完失声痛哭。

智美更登眼泪夺眶而出，说道：

你们是我胸中的心，
未曾想心胸会分离。
这次的施舍是法施，
放宽心胸不要流泪。
诸神和慈悲的三宝，
请在途中保佑他们，
不要让他们身患疾病，
也不要让妖魔缠住身。
我以最虔诚的语言，

祈求全家早日团圆。

三个婆罗门带着兄妹仨走了一段路后，就跟随来自不同地方的婆罗门分手了。

蔓代桑毛带着采集的野果回来，不见三个婆罗门和孩子们，于是就猜想到孩子们一定是被智美更登布施给了婆罗门。蔓代桑毛哀痛得捶胸顿足，哽咽着说道：

像太阳一样美丽的三个孩子旁，
刹那间聚集了一团婆罗门乌云，
使我心灵的庄稼遭到了无情的雹灾。
土地神祇和护法神，
上师本尊和空行母，
为何无常来的这等快，
为何无常偏偏降在我头上。
我和三个心肝宝贝儿，
刹那间被活活拆散，
贱种婆罗门太可恨！

说完，蔓代桑毛昏了过去。智美更登朝她的胸前洒了一些凉水，可怜的蔓代桑毛这才渐渐苏醒过来。

智美更登说道：

爱妻蔓代桑毛听我说，
你难道忘了昔日的誓言，
我们出发来魔山哈香时，
我曾郑重告诉过你：
我生性喜欢施舍济人，
如果有人来乞讨，
妻子儿女和我的生命，
样样可以布施给他人。
你曾答应不阻碍我施舍，
还要帮我积累菩提二资粮[1]，
谁知今日你却如此悲伤，
我跋山涉水来到这荒凉的地方，
唯有你是我亲爱的伴侣，
可你的悲伤搅得我心烦意乱。

智美更登挥泪如雨，蔓代桑毛上前拭去智美更登的泪水说道：

---

① 二资粮：佛教语，即福德资粮和智慧资粮。

智美更登请你听我言，
孩子们临走未能见一面，
身为母亲难免以泪洗面，
并非成心把王子的心搅乱。
我的三个心肝宝贝儿，
被婆罗门带走各自离散，
想起他们灵动明亮的双眼，
我的心被撕成了一块块碎片。
但我永远不违背王子的诺言，
为了实现你乐善好施的心愿，
你说什么我都乐意去干，
请带我一起去魔山哈香。

他俩又走了一段路，来到一个森林茂密、野果丰盛的地方。蔓代桑毛采来野果献给智美更登，经智美更登的祈祷，野果变得味美可口。智美更登手捧野果说道：

并不可口的阿摩罗果[①]，
变成上等果品美味芳香，

---

① 阿摩罗果：梵语音译，亦称天果、无垢果、杧果，是生长在印度森林里的一种热带野果，味涩难吃。

想给三个孩子都尝尝，

却不见孩子心忧伤。

蔓代桑毛听了王子的这番表白，忍不住泪流满面。智美更登继续说道：

哎呀呀，

一张口就信口开河，

未深思私心杂念迷心窍，

定神一想是我乱了方寸，

桑毛请受用阿摩罗果。

食毕上路，他俩来到一条大河边，这条河不仅很宽，而且也很深。智美更登祈祷道：

慈悲的上师本尊和度母，

土地神祇和护法神听，

大河拦道阻挠到彼岸，

河上劈条大道让我过，

我若过不了这条大河，

将会违背父王的旨令，

来世怎能修证菩提果？

祈求劈开一条过河路。

祈祷完毕，河水上游逆流回旋，眼前出现一条大道，他俩迅速走了过去。到了彼岸，智美更登心想，河水如果一直聚集不流，将会伤害很多生灵，遂对着河水说："现在请河水继续流淌吧！"话音刚落，河水又同以前那样向着下游缓缓流去。这时，王子智美更登和王妃蔓代桑毛继续上路前行，来到名叫龙丹忧卫昌[①]的地方时，帝释天和大梵天想试探一下王子智美更登的施舍到底是胜义施舍[②]，还是世俗施舍[③]，遂变成两个婆罗门前来向王子智美更登乞讨布施。智美更登心想，在这荒无人烟的地方，哪来的人？遂疑为是紧那罗所幻变的，于是问道："你们两位从何处来？我已无物可施了。"

两位婆罗门说："我们是帕哇地方的人。没有亲戚和仆从的痛苦时常折磨着我们，请你把王妃布施给我们吧！"

智美更登知道，这一次不把蔓代桑毛施舍给他们，那么以前施舍财物的善业就会前功尽弃。如果施舍，那么蔓代桑毛依恋我来到这么遥远的地方，我于心何忍？看来我只得忍痛割爱，

① 龙丹忧卫昌：藏语，意谓窄路，隘口。

② 胜义施舍：胜义，解脱的意思，即真实。胜义施舍，有益众生的施舍。

③ 世俗施舍：世俗，假有、虚伪的意思。世俗施舍，沽名钓誉的虚假施舍。

承受生离死别的痛苦了。于是，对蔓代桑毛说道：

蔓代桑毛美貌妻，
前世积德得人身。
佛法精髓是施舍，
舍生取义以护法。
终身伴侣怎施舍，
但有誓言实难违，
今天你若拒绝去，
我的善业成泡影，
来世你难归净土。
你我满足婆罗门，
如同待我侍他们，
请把我话记心中。

智美更登把蔓代桑毛施舍给了两位婆罗门。蔓代桑毛对王子说：“求王子别把我布施给婆罗门，如果把我施舍给他们，那么以后谁来伺候你？”

智美更登说道：

蔓代桑毛请你别再那么说，
我曾发誓要满足别人的愿望，
请不要妨碍我施舍的善举，
帮我修行成就菩提二资粮，
别恋我快去侍奉婆罗门，
这才是对我最好的回报。

蔓代桑毛洒泪应诺，智美更登对两位婆罗门说道：

请两位听我言，
终身伴侣桑毛她种姓高贵是公主，
烹饪佳肴是能手。
为修善业将桑毛献给两位婆罗门。

两位婆罗门带着蔓代桑毛约走了百步之后，转身返回来把蔓代桑毛还给王子，说道：

开开玩笑请宽恕，

修证暇满[1]真稀奇，
胜义布施济众生，
敢将生命施众生，
虔向王子致敬礼。

智美更登说道：“我已经把她施舍给了你们，怎么又能要回来呢？还是请二位带走吧！”

两位婆罗门现出帝释天和大梵天的原形，说道：“高贵的王子，我们不要你的王妃。我们是来试探你是否根除了贪婪欲望。”这时，帝释天朝空中注视片刻，瞬间招来众神变成一个很大的牧民部落，部落的人们将智美更登和蔓代桑毛服侍得圆满周到。帝释天王向王子顶礼说道：

你是至尊的圣主，
牺牲此生修来世，
普度众生成佛陀，
你是世间的明灯。
诚心诚意祝愿你，

---

① 暇满：八有暇和十圆满。八有暇：远离地狱、饿鬼、畜生、边鄙人、长寿天、执邪见、佛不出世、喑哑等八种无暇，谓之八有暇。十圆满：生为人、生于中土、诸根具全、未犯无间、敬奉佛教、值佛出世、值佛说法、佛法住世、入佛法、有善师。

成为举世无双人！

智美更登和蔓代桑毛离开帝释天走了一段路回身一看，那个牧民部落宛若雨后彩虹一样消失不见了。他俩在行进的途中，遇到一个手捻水晶佛珠的英俊少年。他对王子说："王子殿下，请你再走一由旬路，将受到大梵天的供养。"

说完少年不见了。王子夫妇来到一条大河边，大梵天在他自己神变的一座大城市里，把智美更登和蔓代桑毛供养了七天。尔后，智美更登和蔓代桑毛打算起程时，大梵天变成一个少年对王子说道：

王子殿下住在这儿吧，
男仆女婢我来献给你，
房屋饮食由我供给你，
父王的惩罚到此受完。
那荒无人烟的魔山哈香，
到处是鬼魅罗刹和猛兽，
地势凶险实在难通过，
到那时你将后悔莫及。

智美更登说道：

前世积德获得了今世的人身，
慷慨布施从来不享受，
倘若终日贪恋财富享受，
发放的布施等于零，
我的施舍善业被断送。
如果无故逗留和拖延，
父王的圣命就难以实现。
为了不背叛我的诺言，
我愿去那可怕的魔山哈香。

王子说完，夫妻俩又上路了。那座城市如同对镜哈的气立刻消失了。智美更登见此情景后说道：“由于我对三宝的祈祷和敬奉，今生今世已经有报应了。”

当王子夫妻二人又来到一个密不透风的大森林旁因找不到前行的路而不知所措时，迎面走来一个发辫缠在头，长有黄胡须和黄眉毛，手拿法鼓的瑜伽师，对他俩说道：“执着的人啊，你从何处来，要到何方去，大名叫什么？从这儿再往前走五由旬路，就会到达魔山哈香。那儿山势陡峻，狭谷窄险，一颗盐粒大的石子也有长矛一样高的黑影；那儿有繁茂的毒树毒花，有滚滚沸腾的毒海，毒蛇的毒气就像空中的云一样密布，神鬼白天聚集在一起伤害生灵。另外，像狮子、老虎、瞎熊和黑熊等猛兽们一嗅见人味，就会毫不犹豫地扑上来撕吞。那儿不仅是使人毛骨悚然的地方，而且一路上还会遇见难以言喻的痛苦和恐怖。”

智美更登说道：“我是王子智美更登，从柏岱都城而来，我夫妻就是要去魔山哈香。”

瑜伽师说道：“我听说过王子智美更登将国库财富和国宝布施殆尽，现在能亲眼见到你，也是我的福气。你从这儿再向前走一由旬路，就会碰上一条名叫拿嘎拉的河流，你沿着河的左边走，那里有条野兽走过的小道。祝来世咱们再相见。”瑜伽师说完立即不见了踪影。

智美更登夫妻二人来到一个鬼怪罗刹和邪魔出没、凶禽猛兽飞奔吼叫、毒海沸腾的地方。蔓代桑毛忧伤而又恐惧地说道：

哎呀呀！
这个地方实在太可怕，
魔鬼罗刹成群白昼闹，
变化多端面貌太狰狞，
显然是座死神魔鬼城。
老虎狮子“人熊”等猛兽，
龇牙咧嘴使人胆战心惊，
毒海沸腾使人魂飞魄散。

此地没有解脱道，
似乎死亡要降临，
上师本尊佛法僧，
给我夫妇指活路。

智美更登见蔓代桑毛害怕，便祷告道：

妖魔鬼怪和夜叉，
紧那罗和土地神，
虎狮狼熊众猛兽，
听我王子虔祈祷：
与生俱来好布施，
性命身躯愿舍弃。
为使桑毛心神宁，
祈请厉鬼和野兽，
放弃邪念勿伤害。
慈悲生灵发善心，
和睦相处享太平。

王子祷告完，众猛兽就像家犬那样摇头摆尾，驯顺地只顾嬉戏觅食，各种飞禽也以悦耳动听的啼鸣声迎接智美更登和蔓代桑毛来到魔山哈香。

王子夫妇终于来到了魔山哈香上，山顶白雪皑皑，山腰赤土乱石，山涧溪水潺潺。智美更登来到这儿后，枯树抽枝发芽，枯泉涌出了清水。住在山上的神、龙、夜叉、千闼婆、食肉鬼、瓶腹鬼、厉鬼、行尸、大鹏雕、紧那罗等部众；老虎、豹子、黑熊、棕熊、野狼、豺狼等众猛兽；大象、水牛、牛王等野兽群；鹤、鹅、鸭、孔雀等飞禽群，以及这座山上的各种动物聚一起，前来迎接智美更登和蔓代桑毛。

魔山哈香坐北朝南，太阳出得早，落得迟，没有嘈杂的声音，潋滟的溪水在流淌，欢乐的百鸟在嬉戏。林中果实累累，盛开着五彩缤纷的鲜花。他俩在这个清净优美的地方，用树枝盖了一间茅屋。智美更登想着心事,蔓代桑毛坐在较远的地方，间或采一些野果敬献给智美更登。

时光荏苒，不知不觉王子夫妻二人在魔山哈香度过了十个春秋，一天，蔓代桑毛来到智美更登前说道：

智慧超人的智美更登，
心灵纯洁的智美更登，
咱们在这儿待了整十年，
若加上来回途中的两年，
该到了返程的时间，

依我看咱们趁早赶路回家吧！

智美更登说道：

蔓代桑毛请你仔细听，
在我佛预言的这片森林中，
没有令人烦恼的嘈杂声，
我愿在这安乐的禅定地，
静心禅修佛法不愿回。

一天，蔓代桑毛来到森林的边缘寻找野果，见到一只毛色艳丽的鹦鹉。蔓代桑毛对鹦鹉说道：

能言善语的绿鹦鹉，
美丽得人见人爱，
红嘴绿翎更加倾心。
我和王子智美更登，
来到荒无人烟的魔山，
由于短缺了果腹的食品，
我来到林中把野果觅寻，
善言的鹦鹉请你告诉我，

哪儿有甜美可口的果子？

鹦鹉在树上来回飞了三次以后说道：

美丽善良的蔓代桑毛，
你肌肤散发着芬芳，
你这绝代的佳人啊，
容貌像十五的月亮，
摄去了我的魂魄儿，
见到你这充满笑容的仙女，
使我的心儿无比欢畅。
请你快快跟我来，
我可以领你到有果实的地方。

鹦鹉把蔓代桑毛带到一个野果丰盛的地方，落在一棵杧果树上，抖落了很多的果子。蔓代桑毛高兴而又满足地说道：

飞禽精灵谢谢你呀，
为我带来了这么多野果。
祝你们鸟类相亲又相爱，
但愿你我不久再相见。

鹦鹉从树上落到地下，把蔓代桑毛送到八十步远的地方，说道：

出身高贵品行端，
体态窈窕似天仙，
就此拜别请回还，
此生不见来世见。

蔓代桑毛告别了鹦鹉，在返回的途中，遇见一条哗哗作响的河流。蔓代桑毛心想，这也许是流经柏岱国的河水，沿着这条河走下去，说不定能见到我的三个孩子。于是对着蜿蜒流淌的河水说道：

身披白绫的圣水啊，
你像解渴的甘露一样香甜。
清澈碧绿的河水啊，
听你潺潺奔流的歌声，
使我如痴如醉。
当你流向远方的时候，
若看见我那三个可怜的孩子，
请你给他们捎个口信，

就说父母无疾无恙很平安，
转达三个美丽的娇儿，
祝他们无痛无恙身体健康。
母子分别有十年，
无时无刻在思念，
掏心割肝的痛苦哟，
父母不得不承担。
十二年的流放将期满，
咱们全家不久就会团圆。

叙说完毕，便朝着王子禅定的茅屋走去。

此刻，他们的三个孩子正沿着这条河的下游拾柴，河水把父母的口信捎给了他们，孩子们悲喜交加，越发想念父母，高声哭喊着父母的名字。

女儿鲁泽玛爬上一座高高的山顶，望见空中飞来三只婉转啼鸣的迦陵频伽鸟。忧伤的鲁泽玛心想，这三只鸟可能要去魔山哈香，也许能见到自己的父母，便开口说道：

自由飞翔的迦陵频伽鸟啊，
听到你的啼鸣使我无限惆怅。
可爱的鸟儿请不要惊慌，

请听听姑娘我的悲伤。
假如你路过魔山哈香，
向我的父母转达我的问候：
父母是否平安无恙，
我们三个孩子在这里，
未曾患病身体健康，
只是离别双亲的痛苦呀，
折磨得我们无限哀伤。
不久相逢的口信已收到，
兄妹三人欣喜若狂。
倘有早日会面的机遇，
早早返回全家大团圆。

就这样给迦陵频伽鸟捎了个口信。三只鸟儿一直飞到魔山哈香，给智美更登和蔓代桑毛转达了三个儿女的口信，他俩听后流出了悲喜的眼泪，他俩的眼泪汇聚成了一个湖泊，从湖泊中长出一株莲花，莲花上绽开了一千朵花，每一朵花里诞生了一个菩萨。这些菩萨的体性相聚，幻化为大慈大悲的观世音菩萨。智美更登和蔓代桑毛围绕着湖泊顶礼祭祀，口诵赞词。其后，蔓代桑毛因想念孩子，便向智美更登说道：

聪慧的王子听我言，
在此整整熬过十二年，
加上来回路程需两年，
十三年已超过惩罚期限，
桑毛请求王子回家园，
我想念三个孩子和父母，
请你不要拒绝快启程！

智美更登知道蔓代桑毛思念亲人心切，便说道："蔓代桑毛请不要流泪，咱俩现在就回家。"说着从坐禅的褥垫上起身准备启程上路。此刻，住在这座山上的神、龙、夜叉、猛兽、飞禽等聚集在一起，含着泪水用它们各自的语言请求智美更登和蔓代桑毛不要离开这儿。智美更登怜悯这些鬼怪罗刹和众生，举起右手施皈依印[①]，说道：

鬼怪夜叉和寻香，
一切动物和诸有情，
我们长期以父母般的慈爱，
以亲人般的恋心和睦相处，

① 施皈依印：佛教上层高僧垂右臂，屈右肘，掌心朝外，举至胸前的手势。

今日却要忍痛相分离。
三界轮回的所有众生，
有聚有散是自然法则。
你们要皈依佛教信奉三宝，
慈爱众生千万莫伤害。
再见吧我的伙伴们，
如果此生无缘相见来世再相逢。

这里的众生怀着极大的悲伤，把智美更登和蔓代桑毛送了很远的一段路程。王子夫妻告别众生启程，当他俩来到一个名叫奥堤垄的地方时，遇到了一个双目失明的婆罗门乞求布施。智美更登说道：“见到你感到特别高兴，可我没有什么东西施舍给你呀。”

婆罗门说道：“祈求你把双眼布施给我吧！”

智美更登认为这是布施功果圆满的征兆，遂愉快地盘膝而坐，对蔓代桑毛说道：“请你不要心疼我，自轮回开始，不论转生为什么样的肉体，它都是虚幻无意义的。这次我要进行一次有益的施舍。”于是，用右手拿起一把锋利的尖刀，左手撩起眼皮，将刀子深深地扎进眼眶，眼睛里顿时鲜血横流。

蔓代桑毛见状哭喊着，抓住智美更登的手，悲痛欲绝。智美更登安抚道：“蔓代桑毛，请不要这样，你如此悲伤哭泣，实际上不是爱我，而是在妨害我。假如你阻拦我施舍双目，那么无论轮回多少劫，咱们也无法相会，请你不要妨碍我布施。”说完智美更登用尖刀剜出了自己的一对眼珠，蔓代桑毛被这个恐怖的场面吓得昏了过去，而智美更登却将剜出的双眼放进了婆罗门的眼眶里，说道：

善良的婆罗门，
为满足你看清三界的心愿，
我把双眼布施给你。
祝你获得一双具有法力的眼睛，
它是透视轮回并得到解脱的明灯，
但愿我的布施功德圆满。

说完，坦然地盘膝而坐。

这时，婆罗门的双眼重见光明，什么都看得一清二楚。他欣喜若狂地对智美更登顶礼，说道：

您这如愿施舍的圣裔王子，
是驱散世间黑暗的明灯。
您这三界无敌的王子，
对众生都有大慈大悲的洪恩。

我这可怜的婆罗门，

永远会对恩人王子顶礼赞颂。

说完，婆罗门返回柏岱城。柏岱城的人们围着这位重见光明的婆罗门问道：“你的眼睛是怎么得来的呀？”

婆罗门答道：“我的这双眼睛是王子智美更登根据我的乞讨，用刀剜出自己的双眼布施给我的。”

这事传开后，上至国王和侍臣，下至黎民百姓都感到非常震惊，并派大臣达哇桑保带人去迎接王子智美更登。

过了好长时间，吓得昏厥不省人事的蔓代桑毛慢慢苏醒过来，看见脸上和胸前都沾满鲜血的王子智美更登就坐在眼前。蔓代桑毛眼泪汪汪地哭诉道：

啊呀呀！

曾在魔山度过十二年，

今日准备去会父母和众乡亲，

不料途中遭遇此大难，

哦哟哟！

我俩的命运怎么这么苦！

说完痛哭不止。智美更登听到蔓代桑毛号啕大哭，便安慰道：

蔓代桑毛莫要悲伤，
弘佛法再苦也承当。
生死轮回无始无终，
时到今生始得人身，
往事虚幻业积何在，
今施双目功德圆满。
蔓代桑毛不要悲伤，
请你引路带我回家。

蔓代桑毛扶着智美更登来到名叫蒂巴哈热的地方时，大臣达哇桑保和侍从们前来迎接王子智美更登和王妃蔓代桑毛，大家向王子和王妃磕头行礼，并说道：

呜呼！
聪慧的伟大王子，
您历尽种种困苦与艰辛，
是慈悯和睿智做后盾，
为了臣民摆脱轮回的痛苦，
恳求您和王妃蔓代桑毛返回柏岱国。

说完，众人痛哭流涕。智美更登手摸大臣达哇桑保的头顶说道：

达哇桑保及随从们听，
先开个玩笑开开心，
我并没死去还剩一口气！
请问柏岱国的政权可稳固？
父母臣民安康否？

这时，达哇桑保和蔓代桑毛左右搀扶着智美更登开始踏上返程的路，当来到一个十字路口歇息时，智美更登祈祷道：

十方的善逝佛陀请听我讲，
为了解除蔓代桑毛的悲伤，
为了满足达哇桑保的愿望，
使我的眼睛比以前更明亮。

祷告完，智美更登不仅生出一双眼睛，且比以前的眼睛更加明亮，大家非常高兴地继续赶路。当又走到一个路口时，香赤赞布国王前来迎接智美更登和蔓代桑毛，并迎到王宫盛宴招待，并把从前骗去的国宝“管多宏觉”和很多珍宝一起献给了王子智美更登。香赤赞布说道：“贤良的王子，您长期受苦受难都是因为我不好，乞求您谅解我吧！我愿把自己的社稷臣民全部敬献给您，请您把我从轮回的痛苦中拯救出来吧！”遂祈求宽恕，并施归属礼仪。智美更登答应了他的全部要求，把父王的仇敌编进了自己的属下。

他们又走了一段路程，只见以前的那三个婆罗门带来了三个孩子，向智美更登施礼说道：

聪颖神奇的王子，
美丽贤淑的桑毛，
我等骗走兄妹仨，
服侍我们功劳大，
为报王子大恩德，
今日特地来奉还。

说完把三个孩子交给了智美更登和蔓代桑毛。智美更登说道：“我把他们已经送给了你们，怎能领回来呢？还是带回去让他们干力所能及的杂活吧！”

蔓代桑毛请求王子说道：

王子殿下请你听我言，
孩子是我们的心和肝，

你我的三个亲骨肉，
为婆罗门当奴十二年。
即使大道拣朵青莲花，
莲花哪比孩子更金贵？
他们是尊贵皇族的血统，
却在下等人家吃尽了苦，
不惜财宝把他们赎回家？

智美更登说道：“那么就依你吧。”又对三个婆罗门说道：“请你们随我到皇宫去，我要用财物赎回三个孩子。”

王子说完，急忙赶路。他们又走了一段路程后，来到了王妃蔓代桑毛父王的封侯国，只见臣仆属民们在离城十二由旬的路上迎接他们。再往前走，国王萨君知巴亲自率众来到七由旬路程的地方焚香迎接他们。一路上欢迎的人群络绎不绝，从柏岱国的拜莫箭皇宫到弄旺奥城镇间的大街小巷里人山人海，他们高举伞、胜利幢、旗帜、扇子、拂尘，有的怀抱琵琶，有的手持銮铃，还有的手举大号、喇叭等各种乐器，乐声喧天，歌舞蹁跹，盛况空前。

智美更登、蔓代桑毛、三个孩子和三个婆罗门来到弄旺奥城时，小邦国弄旺奥城的更色国王向智美更登和蔓代桑毛等叩首敬礼，敬奉礼物，并说道：

昔日沉落的太阳哟，
升起来仍然像以前一样灿烂。
众生的父母智美更登王子，
魔山哈香十二年如今又回返。
您是一切众生的恩人，
能消除臣民的一切苦难。
无与伦比的智美更登，
给人布施孩子和眼珠，
如雷贯耳早有听闻，
何况国王的镇国宝，
施舍给敌人有何惋惜。
威德圣洁似佛法宝幢，
无垢无秽大名扬四方，
迎接宝驾返回极乐宫，
以佛法治国保护黎民，
我愿永生永世做您的侍臣。

接着，各诸侯国的君臣和属民举行欢迎仪式，设宴招待。赛肩等各属国国王敬献了一枚金币，拉桑东丹等大臣每人敬献了一枚银币。此外，邻近的属民们敬献了白银、吠琉璃、珊瑚、黄金等许多宝物。

尔后，在华凑墨脱城中，王子智美更登、王妃蔓代桑毛以及三个孩子拜见国王萨君知巴。王子抓住父王的手哭诉离别之情。萨君知巴说道：“今天是父子相逢、全家团圆的良辰吉日，请你们不要哭了！”

智美更登和蔓代桑毛擦干了眼泪，坐在父王身边。

萨君知巴说道：“三个宝贝孙子，快到爷爷的怀里来！”

三个孩子因久别陌生不愿意亲近爷爷。

萨君知巴看了看智美更登和蔓代桑毛问道：“这是为什么呀？”

长孙鲁丹说道：

如意树上掉下来的果实，
落到海里被水族们享用。
我虽然是国王的后裔，
却被惩罚流放到边鄙地方，
在遥远的荒山空谷里，
我与鲁怀和鲁泽玛兄妹三人，
被阿爸施舍给三个婆罗门。
我们虽是父王的亲生骨肉，
却成为婆罗门的佣人。
肮脏腐臭的食物充饥，

破烂污秽的衣服遮身。

肮脏污秽险恶的环境，

使我们兄妹三人变得愚昧无知。

我们怕给爷爷染上污秽，

不敢到您的怀抱里去亲热。

鲁丹叙说了不愿让爷爷拥抱的原因，国王让三个孩子在浴盆里用香水沐浴，换了新衣。然后为赎回鲁丹，给三个婆罗门五百枚金币，为赎回鲁怀给了五百枚银币，为赎回鲁泽玛给了三百匹大象，又给了足够的盘缠后，打发他们回家去了。

智美更登王子对父王禀告道：

福气殊胜的萨君国王，

人主父王请您听我言，

遵照父王的流放敕命，

去那酷热的魔山哈香，

凶禽猛兽满山遍野跑，

鬼怪夜叉日夜恐吓骚扰，

儿臣和桑毛在惊恐中煎熬。

身披树叶杂草铺睡窝，

渴饮溪水饥食酸野果，

忧伤坐听林间众鸟唱。
世人辛辛苦苦积财富，
个中艰辛只有我尝过，
但愿众生不再忍受这般苦。
自从布施国宝“管多宏觉”起，
直到刀剜双眼施于人，
但愿我布施功德已圆满。
祈愿我的善业威慑力，
助一切众生获得安乐和幸福。
特别企盼人主父王您，
解除臣民的命运障蔽得解脱，
祈祷来世大家再相逢。
我所布施积累的二资粮，
满足众生成佛的功德圆满。

国王萨君知巴对智美更登说道：

你说的话句句是真谛，
我偏听偏信加罪于你。
奸邪谄媚将你发配到魔山，
使你经受了如此多艰辛，

都怪君臣议事不周全。
听说你在流放路途中，
将车马粮驮和财物，
统统施舍给了乞施人，
尤其把娇儿和眼睛，
毫不吝啬布施给他人，
所以把国宝“管多宏觉”，
布施给敌人也毫不悔恨。
现在我听了你的善行，
使我感到万分激动，
以前给你定的种种罪名，
要多加原谅心里要想通，
为以后解除世俗障蔽，
我愿把国库的珍宝赐给你，
请如愿布施给黎民百姓。

然后，国王萨君知巴领着智美更登和蔓代桑毛把三个孩子扶上车辇，朝皇宫行驶，王后格丹桑毛带着众王妃前来迎接。国王说道：

乐善好施的王子，

被你布施的国宝，
缘福德之力收回。
现在我要下敕令，
金银财富与国宝，
黎民百姓和臣仆，
全部赐给王子你。

国王当着王后和侍臣之面，向王子赏赐了珍宝首饰，将臣民、属国、军队全部交给了王子，把王冠戴在他的头上，让王子坐到皇帝的宝座上，将王族的大法轮——治国权力交给了王子。然后对王子说道：

令人敬佩的王子智美更登，
请把我的财物尽情地布施；
请保住“金轭”一样的国法，
保护好属国和属民；
竖起佛法教规的宝幢，
用权势把罪孽抛得无踪无影；
要把僧人顶在头顶，
把国家建成万民祀奉的圣地；
务必刻印宝贵的佛经，

照顾好信仰者的修行；
用慈悲之心降服敌人，
用宽宏和气保护内亲。
父王训示的语言金链，
授给帝释天化身的你；
把父王的告诫的珠串，
请你要牢牢记在心间。

紧接着，国王把菩提树根刻的玉玺、水晶玉玺、白猫眼石玉玺都交给了智美更登。

王子智美更登接替了国王萨君知巴行使王权，在四十五由旬之范围内进行了盛大的庆宴。

此后，智美更登保护着繁荣昌盛的社稷，用自己的福德和能力使国家比以前更为繁荣富强起来。

有一天，帝释天对智美更登这样说道：

施舍无度别人喜回向，
惹恼父王发配到魔山。
你为了众生的利益，
承受了巨大的苦难，
布施了亲生的儿女。

二十二日那一天，

你虽施舍了自己珍贵的双眼，

可得到了比别人更亮的慧眼。

虽然回国后当了执政的国王，

可你懂得了纷繁复杂的国政。

广泛布施救济一切众生，

立下誓言要证得菩萨果。

像你这样功德圆满的富贵人，

是广袤大地上的一盏佛法明灯，

再没有胜过你的转轮王。

智美更登你从这儿驾崩后，

将会降生在东方的普陀山。

成为誉满世间的佛陀子，

普度孽障众生到彼岸，

你是转轮佛陀身再现。

你的父王虽称护地王，

经过千百万劫轮回后，

劫数到了光明劫之时，

降生雪域大地为佛子，

使政教二业繁茂昌盛。

你的母后格丹桑毛，

逝后驾归度母刹土去，
成为一切众生的母亲。
你的贤妻蔓代桑毛，
下世不在此地去桑哈地方，
成为国王德谢的转世。
王子后裔三兄妹，
来世转生印度南，
鲁丹下世成为国王东丹的转世，
鲁怀成为帝王郑吉华增的转世，
鲁泽玛成为王子督绕杂迪的转世，
将掌握萨达国的政权。
大臣达哇桑保，
在名叫楠乃的圣洁地方，
成为国王更尕桑吾王子的转世。
福德圆满的智美更登，
创立尽善尽美大事业，
父母臣民孩子得安宁。
你是诞生在人世的佛陀，
你是大慈大悲菩萨的化身。
神奇的王子智美更登，
祝你长盛不衰永精进，

祝你在稀奇的莲花园中，
藉无量睿智的滋润，
长出吉祥圣洁的青莲树，
待到枝繁叶茂功德圆满时，
盛开艳丽灿烂的鲜花，
天生娇艳的花蕊吐芬芳。
此世积德下世享清福，
名扬天下似春雷。
待我神寿终结后，
下凡顶礼膜拜你足下，
身影相随永远不离分。

帝释天祝福完后，幻化而去无影无踪。

蔓代桑毛向智美更登发问道：“如此美丽的身影，为什么一瞬间就变得无影无踪了呢？”

智美更登回答道：

蔓代桑毛请你听我说，
锦葵花在花园盛开，
待到百灵鸟啼鸣时，
锦葵花儿便凋谢；

秋天草上晶莹的露水，
当太阳升起时就会干涸；
空中显现的五色彩虹，
刹那间便会消失殆尽。
母亲子女虽团圆，
也像菩提树开花，
瞬间一闪便凋谢。
须知人生本无常，
朝不保夕赴地府，
因此令人心悲伤。
人生虽活一百三十年，
难免轮回死后到阴间。
现在我将皇位和政权，
交给两位裔子来继承，
为利众生勇于挑重担。

智美更登把国家社稷交给了两个小王子，两个王子娶了以空行度母措嘉的化身为首的五百个美丽漂亮的姑娘为妃，在十二由旬以内的范围内举行了盛大的婚宴。

鲁泽玛公主嫁给婆罗门迪杰为妻。

王子智美更登、王妃蔓代桑毛、大臣达哇桑保、大臣扎杰之子、大臣尖参等人到锡兰的一高山上去隐居修行，两个王子在朝治国理政。

过了五年，智美更登和蔓代桑毛圆寂后化作两朵金黄色莲花，被风吹向印度的南方。正在修行的众大臣返回柏岱国，向两位王子禀报了智美更登和蔓代桑毛圆寂的噩耗。两位王子得悉父王和母后逝世的噩耗后，非常虔诚地为父母奉献了一千卷金汁写的《般若经》。

༄། །སྟོན་བསྐལ་པ་དཔག་ཏུ་མེད་པ་ན། ཡུལ་ཧྲེ་ཏའི་གྲོང་ཁྱེར་ཆེན་པོ་ན། རྒྱལ་པོ་ས་སྐྱོང་གྲགས་པའི་དཔལ་ཞེས་བྱ་བ། བློན་པོ་སུམ་སྟོང་རྒྱལ་ཕྲན་དྲུག་ཅུ་ལ་དབང་མཛད་པ། ནོར་བུ་བསམ་འཕེལ་ལ་སོགས་པ་ནོར་བུའི་རིགས་བསམ་གྱིས་མི་ཁྱབ་པ་ཡོད་དོ། །གཞན་ཡང་གོང་ལས་ལྷག་པའི་ནོར་བུ་དགོས་འདོད་དཔུང་འཇོམས་ཞེས་བྱ་བ་རང་གི་བསམ་པའི་དོན་ཐམས་ཅད་སྐད་ཅིག་ལ་འགྲུབ་པ་ཞིག་ཡོད་དོ།།

དེ་ནས་སྟོབས་དང་ལྡན་པའི་རྒྱལ་པོ་དེ་ལ། རིགས་རྒྱུད་དང་ལྡན་པའི་བཙུན་མོ་ལྔ་བརྒྱ། ནོར་ལོངས་སྤྱོད་དང་ལྡན་པའི་བཙུན་མོ་ལྔ་བརྒྱ། ཤིན་ཏུ་མཛེས་པའི་བཙུན་མོ་ལྔ་བརྒྱ་སྟེ། བཙུན་མོ་ཁྲིད་དང་ཉིས་སྟོང་ཁབ་ན་ཡོད་ཀྱང་། སྲས་གཅིག་ཀྱང་མེད་པས་རྒྱལ་པོ་ཐུགས་མ་བདེ་ནས། མོ་དང་རྩིས་བྱས་པས། དཀོན་མཆོག་ལ་མཆོད་པ་ཕུལ། ལྷ་སྲིན་སྡེ་བརྒྱད་ལ་གཏོར་མ་བཏང་། དབུལ་ཕོངས་ལ་སྦྱིན་པ་བཏང་ན། བྱང་ཆུབ་སེམས་དཔའི་སྤྲུལ་པ་གཅིག་སྲས་སུ་འཁྲོན་ངེས་འདུག་ཟེར། དེར་རྒྱལ་པོ་ཡིད་ལ་བདེ་བ་སྐྱེས་ཏེ། དཀོན་མཆོག་ལ་མཆོད་པ་ཕུལ། ལྷ་སྲིན་སྡེ་བརྒྱད་ལ་

གཏོར་མ་བཏང་། དབུལ་ཕོངས་ལ་སྦྱིན་པ་བཏང་། དེ་ནས་ཡུན་རིང་པོ་མ་ལོན་པར་ཀུན་དང་མཐུན་པའི་བཙུན་མོ་དགེ་ལྡན་བཟང་མོ་ཞེས་བྱ་བ། བུད་མེད་ཀྱི་སྐྱོན་བརྒྱད་སྤངས་ཤིང་། ཡོན་ཏན་དང་ལྡན་པ་དེ་ལ་སྲས་གཅིག་འབྱུང་བར་རིག་ནས། བཙུན་མོའི་རྨི་ལམ་བཟང་སྟེ་རྒྱལ་པོའི་དྲུང་དུ་ཕྱིན་ནས་ཞུས་པ།

མི་དབང་རྒྱལ་པོ་ཆེན་པོ་བདག་ལ་དགོངས། །
གཉིད་ཀྱི་དུས་མཚན་བཟང་པོ་མངའ་ལགས་པ། །
མཚན་མོ་ཉལ་བའི་རྨི་ལམ་བཟང་ནས་གདའ། །
བདག་ལུས་རྩ་ཕྲན་སུམ་བརྒྱ་དྲུག་ཅུ་ལས། །
སྤྱི་བོ་བདེ་བ་ཆེན་པོའི་འཁོར་ལོ་རུ། །
གསེར་གྱི་རྡོ་རྗེ་འབར་བ་སྐྱེས་པ་རྨིས། །
རྡོ་རྗེའི་རྩེ་མོ་དགུང་ལ་རེག་པ་རྨིས། །
འོད་ཟེར་ཕྱོགས་བཅུ་ཀུན་ཏུ་ཁྱབ་པ་རྨིས། །
འཇའ་དང་འོད་ཀྱི་གུར་ཁང་ཕུབ་པ་རྨིས། །
བར་སྣང་སྟོང་གསུམ་དུང་དཀར་འབུད་པ་རྨིས། །
རྨི་ལམ་བཟང་སྟེ་རྟེན་འབྲེལ་དེ་ལྟར་ལགས། །
བདག་ལུས་གཞལ་མེད་ཁང་བཟང་དམ་པ་རུ། །
རིགས་དང་ལྡན་པའི་བུ་གཅིག་བྱུང་ལགས་པས། །

གཟའ་དང་སྐར་མ་ཚེས་གྲངས་བཟང་པོ་ལ།།
བདེ་དང་ལྡན་པའི་བུ་གཅིག་སྐྱེ་བ་གདའ།།
ཕྱོགས་རྣམས་ཀུན་ཏུ་རིམ་གྲོ་བསྒྲུབ་པར་མཛོད།།

བཙུན་མོས་དེ་སྐད་ཅེས་སྨྲས་པས། རྒྱལ་པོ་ཤིན་ཏུ་དགྱེས་ཏེ་འདི་སྐད་ཅེས་སྨྲས་སོ།།

སེམས་ཉིད་མཐུན་པའི་དགེ་ལྡན་བཟང་མོ་དང་།།
བདག་ཉིད་སྐད་ཅིག་མི་འབྲལ་འགྲོགས་པ་ཡི།།
ཁྱེད་ལུས་ལྷ་ཡི་དཀྱིལ་འཁོར་དམ་པ་ན།།
སྤྱི་བོ་བདེ་བ་ཆེན་པོའི་འཁོར་ལོ་རུ།།
གསེར་གྱི་རྡོ་རྗེ་འབར་བ་སྐྱེས་པ་དེ།།
སྐྱོང་བྱེད་ཀུན་གྱི་རྗེ་བོ་ཡོང་བ་ཡིན།།
འཛའ་དང་འོད་ཀྱི་གུར་ཁང་ཕུབ་པ་དེ། །
སངས་རྒྱས་སྤྲུལ་པའི་སྐུ་གཅིག་འབྱོན་པ་ཡིན།།
བར་སྣང་སྟོང་གསུམ་དུང་དཀར་འབུད་པ་དེ།།
སྙན་པའི་བ་དན་ཕྱོགས་བཅུར་སྒྲོག་པའི་རྟགས།།
ཡར་ལ་དཀོན་མཆོག་མཆོད་པའི་བྱིན་རླབས་དང་།།
མར་ལ་སྦྱིན་པ་བཏང་བའི་འབྲས་བུ་དང་།།
སྐྱབས་གནས་བསླུ་བ་མེད་པའི་བྱིན་རླབས་ཀྱིས།།

རྒྱལ་པོ་བུ་མེད་པོ་ལ་བུ་གཅིག་ཡོང་བའི་རྟགས། །
བདག་གི་བསམ་པ་ཁྱོད་ཀྱིས་བསྒྲུབ་པའི་རྟགས། །
ཅིས་ཀྱང་ཁྱེད་ཟེར་རིམ་གྲོ་བསྒྲུབ་པར་བྱ། །
མཁས་བཙུན་བཟང་གསུམ་དཔལ་ལྡན་བླ་མ་དང་། །
པཎ་ཆེན་ལྔ་བརྒྱས་མདོ་དང་སྙིང་པོ་ཀློག །
བར་དང་ཕྱོགས་མཚམས་མེད་པ་ཕྱག་རྒྱས་བཅིངས། །
སྔགས་པ་ཕུར་བུ་ཐོགས་པ་ལྔ་བརྒྱ་ཡིས། །
ཧཱུཾ་དང་ཕཊ་ཀྱི་སྐད་སྒྲ་དི་རི་རི། །
དྲག་པོའི་སྔགས་ཀྱི་གཏོར་ཟོར་དགྲ་ལ་འཕེན། །
དམ་ཉམས་དགྲ་བགེགས་ཐལ་བའི་རྡུལ་དུ་བརླག །
ནང་དུ་སྦྱུ་གཡང་འགུགས་པར་བྱེད་པ་ཡིས། །
མདོས་དང་གཏོར་མ་ཉིད་ཀྱི་ཟོར་ཡང་འཕེན། །

ཞེས་གསུངས་ནས་རིམ་གྲོ་བྱེད་དོ། །དེ་ནས་ཟླ་དགུ་ཚོ་བཅུ་ལོན་པ་དང་རྒྱལ་བུ་འཁྲུངས་སོ། །རྒྱལ་བུ་དེ་འཁྲུངས་པའི་ཐོག་མར་གཏམ་གཞན་ཅི་ཡང་མི་སྨྲ་བར། ཨོཾ་མ་ཎི་པདྨེ་ཧཱུཾ་ཧྲཱིཿཞེས་གསུངས་ཤིང་སྤྱན་ཆབ་འདོན་པ་དང་། སེམས་ཅན་ཐམས་ཅད་མས་བུ་གཅིག་ལ་སྙིང་རྗེ་བ་ལྟར། བྱམས་པའི་སེམས་དང་ལྡན་པར་གྱུར་ཏོ། །དེར་རྒྱལ་བློན་ཐམས་ཅད་དགའ་མགུ་ཡི་རངས་ནས་མཚན་ཡང་རྒྱལ་པོ་དྲི་མེད་ཀུན་ལྡན་

ཞེས་བྱ་བར་བཏགས་སོ། །མཆོད་པའི་རིམ་པ་བསམ་གྱིས་མི་ཁྱབ་པ་ཕུལ་ནས་པོ་བྲང་དགའ་བའི་བསམ་གླིང་ཞེས་བྱ་བ་རིན་པོ་ཆེའི་ཁང་བ་ལྟ་བུ་དེར་བཞུགས་སོ།།

དེ་ནས་དགུང་ལོ་ལྔ་བཞེས་པ་དང་། ཡི་གེ་དང་རྩིས་ལ་སོགས་པ་རིག་པའི་གནས་ལྔ་ལ་ཤིན་ཏུ་མཁས་ཤིང་བསྟན་བཙོས་ཐམས་ཅད་ཐུགས་སུ་ཆུད་པར་གྱུར་ཏོ། །རྒྱལ་བུའི་ཞལ་ནས་སེམས་ཅན་ཐམས་ཅད་ཕ་མ་ཡིན་གསུངས་ནས་འདི་སྐད་ཅེས་གསུངས་སོ།།

ཀྱེ་མ་འཁོར་བའི་རྒྱ་མཚོ་གཏིང་རིང་ནས།།
སྡུག་བསྔལ་དྲག་པོའི་ནང་དུ་བདག་འདྲ་བ།།
བློ་བྲིད་སྒྱུ་མའི་ནོར་ལ་ཞེན་ཅིང་ཆགས།།
འདི་ཉིད་བསམ་ན་སེམས་ཅན་སྙིང་རེ་རྗེ།།
ཀྱེ་མ་ཁམས་གསུམ་འཁོར་བའི་སྡུག་བསྔལ་ལ།།
ཀྱེ་ཧུད་ཀྱི་ཧུད་ཇི་ལྟར་བྱས་ན་ཕན།།
འདོད་ཡོན་མེ་དཔུང་འབར་བའི་གྲོང་ཁྱེར་ན།།
བདག་འཛིན་བློ་དང་མ་བྲལ་སྙིང་རེ་རྗེ།།
འཁོར་བ་མཐའ་མེད་འོབས་ཀྱི་མེ་ཕུང་ལ།།
གང་དུ་བལྟས་ཀྱང་ཐར་བ་མི་འདུག་པས།།
ཁམས་གསུམ་འཁོར་བའི་སེམས་ཅན་སྙིང་རེ་རྗེ།།

བྱས་ཀྱང་ཟིན་མེད་འཇིག་རྟེན་བྱ་ལས་ལ། །
ཟིན་དུས་མེད་པ་སྡུག་བསྔལ་སྙིང་རེ་རྗེ། །
བཟའ་མི་སྡུག་བསྔལ་སེམས་ཀྱི་འཁྲུལ་སྣང་ལ། །
གཏན་དུ་གྲོགས་སུ་རེ་བ་སྙིང་རེ་རྗེ། །
ཕ་ཡུལ་འཁྲིག་པའི་སྦྲ་ས་ལྷ་བུ་ལ། །
བདག་འཛིན་ཞེན་ཆགས་བྱེད་པ་སྙིང་རེ་རྗེ། །
འགྲོ་དྲུག་སེམས་ཅན་ཕ་མ་སྤྱི་མཐུན་ལ། །
རང་གཞན་གཉིས་སུ་འབྱེད་པ་སྙིང་རེ་རྗེ། །
སེར་སྣས་བསགས་པའི་ཟས་ནོར་སྤྲང་རྫི་འདི། །
བསགས་པ་གཞན་གྱིས་སྤྱོད་པ་སྙིང་རེ་རྗེ། །
སྡིག་པའི་ལས་ཀྱི་ཁུར་ཆེན་ཁུར་ནས་སུ། །
ངན་འགྲོའི་གཡང་ལ་ལྷུང་བ་སྙིང་རེ་རྗེ། །
ལེགས་པར་བཤད་ཀྱང་བདེན་པར་མི་འཛིན་པའི། །
མ་རིག་འཁྲུལ་པའི་སེམས་ཅན་སྙིང་རེ་རྗེ། །
དྲི་མེད་ཀུན་ལྡན་དཔལ་གྱི་དོན་གྲུབ་ང་། །
མགོ་འཁོར་སྐྱེ་བོའི་ཁྲོད་ན་སྙིང་རེ་རྗེ། །
ཡབ་ཀྱིས་ཞིབ་མོར་བསགས་པའི་ནོར་རྫས་རྣམས། །
བསགས་པ་དོན་མེད་སྙིང་པོ་མི་འདུག་པས། །

བདག་གིས་སྦྱིན་པ་བཏང་ན་མི་ཉུང་ངམ།།

ཞེས་ཞུས་པ་དང་། ཡབ་ཀྱི་ཞལ་ནས།

བདག་གི་དྲི་མེད་ཀུན་ལྡན་དོན་གྲུབ་དཔལ།།

དང་པོ་མ་སྐྱེས་སྡུག་བསྔལ་བསམ་མི་ཁྱབ།།

ད་ནི་བདག་གིས་བསགས་པའི་ནོར་རྫས་རྣམས།།

ཁྱོད་རང་ཅི་དགའ་གྱིས་ལ་སྦྱིན་པར་ཐོངས། །

ཞེས་གསུངས་པ་དང་། དེ་ནས་རྒྱལ་བུས་སྦྱིན་པ་དཔག་ཏུ་མེད་པ་བཏང་སྟེ། ཐམས་ཅད་དབུལ་བའི་སྡུག་བསྔལ་ལས་གྲོལ་ལོ།།

དེའི་དུས་སུ་བདུད་བློན་ཏྭ་ར་མཛེས་བྱ་བ་དེས་ཡབ་རྒྱལ་པོའི་དྲུང་དུ་ཕྱིན་ཏེ་ཞུས་པ།

མི་དབང་རྒྱལ་པོ་ཆེན་པོ་བདག་ལ་དགོངས།།

ཁྱེད་ཀྱིས་བསགས་པའི་ནོར་རྫས་ཐམས་ཅད་ནི། །

དྲི་མེད་ཀུན་ལྡན་དེ་ཡིས་མེད་པར་བྱས།།

ནོར་མེད་རྒྱལ་པོ་གཞན་གྱི་འབངས་སུ་འགྱུར།།

དེ་བས་རྒྱལ་བུ་དྲི་མེད་ཀུན་ལྡན་ལ།།

བཙུན་མོ་བླངས་ནས་ནོར་ལ་བསྡམས་པ་གྲགས།།

ཞེས་ཞུས་པ་དང་། དེར་རྒྱལ་བློན་ཐམས་ཅད་གྲོས་བྱས། ཡུལ་པདྨ་ཅན་ན་རྒྱལ་པོ་ཟླ་བ་བཟང་པོ་ཞེས་བྱ་བའི་བུ་མོ་མཛེས་བཟང་མོ་ཞེས་བྱ་

བ། གཟུགས་མཛེས་ཤིང་ལྷ་ན་སྡུག་པ། མདོག་དཀར་ལ་དྲི་ཞིམ་པ། དད་པ་ཆེ་ཞིང་ཆོས་ལ་མོས་པ། བློ་རྒྱ་ཆེ་ཞིང་གཏོང་ཕོད་ལྡན་པ། ལྷའི་བུ་མོ་ལྟར་ཀུན་གྱི་ཡིད་དུ་འོང་བ་དེ་ཉིད་རིན་པོ་ཆེའི་རྒྱན་དུ་མས་སྤྲས་ཏེ། རྒྱལ་བུ་དྲི་མེད་ཀུན་ལྡན་གྱི་བཙུན་མོར་བླངས་སོ། །

དེའི་ཚེ་བུ་མོ་དེ་ཉིད་རྒྱལ་བུ་ལ་གུས་ཤིང་བླ་མ་ལྟར་སྤྱི་བོར་ཁུར་ཏེ། དགའ་བ་དང་བཅས་པའི་སྒོ་ནས་རྒྱལ་བུ་ལ་འདི་སྐད་དུ་བསྟོད་པ།

དྲི་མས་མ་གོས་རྒྱལ་བ་རྣམས་དང་མཚུངས། །

ཀུན་དང་ལྡན་པས་ཡོན་ཏན་བསམ་ལས་འདས། །

དཔལ་དང་འབྱོར་བའི་ལོངས་སྤྱོད་བསམ་མི་ཁྱབ། །

དོན་ཀུན་འགྲུབ་པའི་ཡིད་བཞིན་ནོར་བུ་ལྟར། །

འཁོར་ལོ་བསྒྱུར་བའི་རྒྱལ་པོ་ཁྱོད་མཐོང་བས། །

བཟང་མོ་དགའ་ཞིང་སེམས་ཀྱང་རབ་ཏུ་སྤྲོ། །

ཞེས་ཞུས་པས། རྒྱལ་བུས་བཟང་མོ་ལ་གཟིགས་ནས་འདི་སྐད་གསུངས་སོ། །

ཡི་ནས་མ་བཅོས་མཛེས་སྡུག་ལྷ་མོའི་གཟུགས། །

བདེ་བའི་གར་བསྒྱུར་སྙན་པའི་སྒྲ་དབྱངས་ཅན། །

བཟང་མོ་རབ་མཛེས་ལྷ་མོ་ཁྱོད་མཐོང་བས། །

ང་ཡང་དགའ་ཞིང་སེམས་ཀྱང་རབ་ཏུ་སྤྲོ། །

རང་ཅག་གཉིས་ནི་སྨོན་ལམ་དབང་གིས་འཛོམས།།

དགའ་བདེའི་དཔལ་ལ་སྤྱོད་དོ་དགའ་བར་གྱིས།།

ཞེས་གསུངས་ནས། རྒྱལ་བུ་ཡབ་ཡུམ་ཕོ་བྲང་གི་ནང་དུ་དགའ་བདེ་ལ་བཞུགས་ཤིང་དམ་པའི་ཆོས་ལ་ལོངས་སྤྱོད་ཅིང་བཞུགས་པས། སྲས་ལྷུམ་སྲིང་གསུམ་ཡང་རིམ་པར་འཁྲུངས་སོ། །སྲས་ཆེ་བ་ལ་ལེགས་ལྡན། འབྲིང་བ་ལ་ལེགས་དཔལ། ཆུང་བ་ལ་ལེགས་མཛེས་མ་ཞེས་བཏགས་སོ། །བཙས་སྟོན་ཡང་རྒྱ་ཆེན་པོ་མཛད་དོ།།

དེ་ནས་ཉིན་གཅིག་རྒྱལ་པོ་བློན་པོའི་ཚོགས་དང་བཅས་མེ་ཏོག་ལྡུམ་རར་གཟིགས་མོར་བྱོན་པས། ཕོ་བྲང་གི་སྒོ་ཐམས་ཅད་ན་མི་མང་པོ་འདུས་འདུག་པས། ཐམས་ཅད་ལུག་བཤས་རར་བཙུག་པ་བཞིན་མིག་ཅེ་རེར་རྒྱལ་བུ་ལ་ལྟ་ཞིང་འདུག་པས། རྒྱལ་བུའི་ཞལ་ནས་ཕ་ཡི་དམ་ཐུགས་རྗེ་ཆེན་པོ་མཁྱེན་གསུངས་ཏེ་སྤྱན་ཆབ་འདོན་ཞིང་ཤུགས་རིང་ནར་ནར་ཕོ་བྲང་དུ་ལོག་ནས་སྡུག་བསྔལ་ཆེན་པོས་ནོན་ཏེ། ཨོཾ་མ་ཎི་པདྨེ་ཧཱུྃ་ཧྲཱིཿགསུངས་ཤིང་འཚོ་བ་ཡང་མི་བཞེས་པར་གཟིམས་འདུག་པས། དེ་ནས་ཡབ་རྒྱལ་པོས་སྲས་ཀྱི་རྩར་བྱོན་ནས་སྨྲས་པ།

དྲི་མེད་ཀུན་ལྡན་ལེགས་པའི་དོན་གྲུབ་དཔལ།།

ཕོ་བྲང་དགའ་བའི་བསམ་གླིང་དམ་པ་རུ།།

དགའ་བདེ་འཁོར་བ་འདོད་དགུའི་དཔལ་ལ་སྤྱོད།།

དེ་ལ་དགའ་ཞིང་མགུ་བར་མི་བྱེད་པར། །
མི་དགའ་མྱ་ངན་བྱས་པ་ཅི་ཞིག་ཡིན། །
མ་གསང་བདག་ལ་གསལ་པོར་སྨོས་མཛོད་དང་། །
ཞེས་གསུངས་པས། སྲས་ཀྱིས་ཡབ་ལ་ཞུས་པ།
ལྷ་དབང་ཡབ་གཅིག་བདག་ལ་ཚུར་དགོངས་དང་། །
ཀྱེ་མ་འཁོར་བའི་སྡུག་བསྔལ་མཐའ་དག་ལ། །
བསམ་ཞིང་བལྟས་ན་སྐྱོ་བ་སྐྱེ་བའི་རྒྱུ། །
ལས་ཀྱིས་དེད་པའི་སྐྱེ་བོ་དམུས་ལོང་དང་། །
དེ་ལ་སོགས་པའི་འགྲོ་བ་རིགས་དྲུག་ཚོགས། །
སྐྱེ་རྒ་ན་འཆིའི་གཡང་ལ་ལྷུང་ཉེན་གདའ། །
མ་ལྷུང་ཐར་ན་བདག་གི་མྱ་ངན་འགྲོལ། །
ཞེས་ཞུས་པས། ཡབ་ཀྱིས་སྨྲས་པ།
དྲི་མེད་བུ་ཁྱོད་བདག་ལ་ཚུར་ཉོན་དང་། །
འགྲོ་བའི་སྡུག་བསྔལ་རང་རང་ལས་ལ་གྲུབ། །
མྱ་ངན་བྱས་པའི་ཕན་པ་ཅི་ཡང་མེད། །
དྲི་མེད་ཀུན་ལྡན་དགའ་བདེའི་དཔལ་ལ་སྤྱོད། །
ང་ཡི་བཀའ་བཅག་ཉེས་པ་ཤིན་ཏུ་ཆེ། །
ཞེས་གསུངས་པ་དང་། ཡང་སྲས་ཀྱིས་ཞུས་པ།

མི་དབང་ཡབ་གཅིག་བདག་ལ་ཚུར་དགོངས་དང་། །
ཕོ་བྲང་སྒོ་ཕྱིར་རིགས་དྲུག་སྡུག་བསྔལ་མཐོང་། །
དབུལ་ཞིང་ཕོངས་པའི་སྐྱེ་བོ་འབྱོར་མེད་ལ། །
ཡབ་ཀྱིས་ཞིབ་པར་བསགས་པའི་ནོར་རྫས་རྣམས། །
སྦྱིན་པར་བཏང་ན་བདག་གི་སྨྲ་ངན་གྲོལ། །
ཞེས་ཞུས་པས། དེ་ནས་ཡབ་ཀྱི་ཞལ་ནས།
ང་ཡི་དྲི་མེད་ཀུན་ལྡན་དོན་གྲུབ་དཔལ། །
བདག་ལ་བསམ་རྒྱུ་བུ་ལས་གཞན་མེད་པས། །
བུ་ཁྱོད་ཅི་དགའ་གྱིས་ལ་སྨྲ་ངན་པོར། །

ཞེས་གསུངས་པ་དང་། བང་མཛོད་ཐམས་ཅད་བུ་ལ་གནང་ནས། ངའི་ནོར་རྣམས་ཁྱོད་རང་ཅི་དགའ་བར་ལོངས་སྤྱོད་ཅིག་གསུངས།

དེ་ནས་རྒྱལ་བུས་བང་མཛོད་ཀྱི་ནོར་རྣམས་ཕྱོགས་གཅིག་ཏུ་སྤུངས་ནས་འཛམ་བུ་གླིང་བའི་མི་རྣམས་ལ་སྐད་བཏང་སྟེ་སྦྱིན་པའི་ཆར་ཕབ། མི་རྣམས་ལའང་། ཨོཾ་མ་ཎི་པདྨེ་ཧཱུཾ་ཧྲཱིཿཞེས་འདྲེན་དུ་བཅུག་ནས་མི་ཐམས་ཅད་དབུལ་བའི་སྡུག་བསྔལ་ལས་གྲོལ་ལོ། །

དེའི་དུས་སུ་མཐའ་འཁོབ་བྱེ་མ་ཤིང་དྲུང་གི་རྒྱལ་པོ་ཤིང་ཁྲི་བཙན་པོ་ཞེས་བྱ་བ་དེ་ལོག་པའི་བློར་གྱུར་ཏེ། ཁོང་རང་གིས་འཁོར་རྣམས་བསགས་ནས། སྨྲས་པ།

ང་ཡི་འཁོར་རྣམས་བདག་ལ་ཚུར་ཉོན་དང་།།
ཡུལ་ཕྱོགས་རྙེ་ཏའི་གྲོང་ཁྱེར་ཆེན་པོ་ན།།
རྒྱལ་བུ་དྲི་མེད་ཀུན་ལྡན་བྱ་བ་དེས།།
ནོར་རྣམས་སྦྱིན་པར་གཏོང་བའི་དམ་བཅས་ཏེ།།
ཕྱོགས་མེད་སྦྱིན་པ་ཀུན་ལ་བཏང་བ་ནི།།
ཀུན་གྱིས་སྨྲས་པ་ང་ཡི་རྣ་བས་ཐོས།།
ཁོང་གི་ནོར་བུ་དགོས་འདོད་དཔུང་འཇོམས་དེ།།
སློང་དུ་འགྲོ་ནུས་སུ་ཡོད་ད་ལྟ་སློས།།
དེ་ལ་ང་ཡི་རྒྱལ་སྲིད་ཕྱེད་སྟེར་རོ།།

ཞེས་གསུངས་པ་དང་། དེར་འཁོར་རྣམས་ན་རེ། ནོར་བུ་མི་སྟེར་བའི་རང་སྟོག་འདོར་ཉེན་ཡོད་བསམས་པས། ཁས་ལེན་མཁན་གཅིག་ཀྱང་མ་བྱུང་ངོ་། །དེ་ནས་བྲམ་ཟེ་ཐན་པོ་ཁ་ལ་སོ་མུ་ཏིག་ཙམ་མེད་པ་ཞིག་ལངས་ནས། རྒྱལ་པོ་ཆེན་པོ་ལགས་བདག་གིས་འགྲོ་བར་ཞུ། ལམ་ཆས་དང་གོས་ལྷམ་སྩལ་བས་ཤིག་ཟེར།

དེར་རྒྱལ་པོས་ལམ་ཆས་དང་གོས་ལྷམ་སོགས་བྱིན་ནས་བཏང་ངོ་། །དེ་ནས་བྲམ་ཟེས་ལ་ལུང་མང་པོ་བརྒྱབ་ནས་རྙེ་ཏའི་ཡུལ་དུ་སླེབས་པ་དང་། ཕོ་བྲང་གི་ཕྱིར་ཨོག་མ་ལག་པར་བཀལ་ནས་མིག་མཆི་མ་རྡེ་རེར་བྱས་ཏེ་བསྡད་པས། བློན་པོ་གཅིག་བྱོན་ནས། ཐན་པོ་གང་ནས་ཡིན་

ཅི་འདོད་པ་ཡིན་ཟེར་བ་དང་། བྲམ་ཟེ་ན་རེ། བདག་ཅེ་མ་ཤིང་དྲུང་ནས་ཡིན། རྒྱལ་བུ་དྲི་མེད་ཀུན་ལྡན་ལ་ཟས་ནོར་གཅིག་སློང་དུ་འོངས་པ་ལགས་ཞུས་པས། དེ་ནས་བློན་པོས་རྒྱལ་བུ་ལ་ཞུ་བ་ཕུལ་བས། རྒྱལ་བུ་ཤིན་ཏུ་དགྱེས་ཏེ་ཕོ་བྲང་གི་སྒོར་ཕེབས་ནས་བྲམ་ཟེ་ལ་སྨྲས་པ།

ཀྱེ་མ་གྲོགས་པོ་ཁྱོད་ནི་ཐག་རིང་ལམ་ནས་འོངས།།
ལ་ཕྱུང་མང་པོ་སྦུར་དུ་བརྒལ་བ་ལ།།
ཐང་ཆད་སྐུ་ནི་ངལ་བར་མ་གྱུར་ཏམ།།
གང་འདོད་བཀའ་དེ་མྱུར་དུ་སྩོལ་ཅིག་ཨང་། །
ཁྱོད་ཀྱི་འདོད་པ་བདག་གིས་བསྒྲུབ་ལགས་སོ།།

ཞེས་གསུངས་པ་དང་། བྲམ་ཟེ་ཁོས་མིག་ནས་མཆི་མ་རྩེ་རེར་བྱུས། ལག་པ་ཐལ་མོ་སྦྱར་ཏེ་འདི་སྐད་ཅེས་ཞུས་སོ།།

མཐའ་ཡས་འགྲོ་བ་ཀུན་གྱི་མིག་གཅིག་པུ།།
བདག་གི་ཡུལ་ནི་ཅེ་མ་ཤིང་དྲུང་ཡིན།།
བདག་གི་རྒྱལ་པོ་ཤིང་ཁྲི་བཙན་པོ་དེ།།
ཕོ་ནད་གཅིག་གིས་ལོ་གསུམ་བསྐོར་ནས་གྲོངས།།
དེ་ཡི་སྐབས་ཀྱིས་འབངས་དང་འཁོར་གཡོག་ཉམས།།
བདག་གི་མིང་ལ་བྲམ་ཟེ་བློ་གྲོས་ཟེར།།
བཟའ་མི་ལྟོགས་པོ་ཞིག་གི་ཕ་ཡིན་ལགས།།

བུ་ཚ་ཡི་དྭགས་འདྲ་བ་མང་པོས་བསྐོར། །

ཁ་ཟས་མ་འབྱོར་ཉིན་མོ་ལྟོགས་པར་ལུས། །

གོས་ཀྱིས་མ་ཁེབས་མཚན་མོ་གཅེར་བུར་ལུས། །

ཁྱེད་ནི་ཉེ་རིང་མེད་པ་ཀུན་ལ་བྱམས། །

ཁྱེད་ནས་སྦྱིན་པ་ཕྱོགས་མེད་ཀུན་ལ་གཏོང་། །

བདག་ཅག་དབུལ་ཞིང་ཕོངས་པའི་བྲམ་ཟེ་ལ། །

རྗེ་ཏའི་རྒྱལ་པོ་དྲི་མེད་ཀུན་ལྡན་གྱིས། །

ཡིད་འདོད་ཡོད་པའི་སྦྱིན་པ་གནང་བར་ཞུ། །

མ་ཞིའི་བར་དུ་ཡིག་དྲུག་དམ་བཅའ་འབུལ། །

ཞེས་ཞུས་པས། དེ་ནས་རྒྱལ་བུས་བྲམ་ཟེ་བང་མཛོད་དུ་ཁྲིད་དེ་ནོར་བུ་བསམ་འཕེལ་ལ་སོགས་པ་ནོར་བུའི་རིགས་བསམ་གྱིས་མི་ཁྱབ་པ་གནང་བས། བྲམ་ཟེ་ན་རེ།

རྒྱལ་པོ་ཆེན་པོ་བདག་ལ་ཚུར་དགོངས་དང་། །

ནོར་བུ་འདི་རྣམས་འདོད་ཕྱིར་ཡོང་བ་མིན། །

དགོས་འདོད་དཔུང་འཇོམས་འདོད་ཕྱིར་ཡོང་བ་ཡིན། །

ཆོས་ཀྱི་རྒྱལ་པོ་དྲི་མེད་ཀུན་ལྡན་གྱིས། །

དགོས་འདོད་དཔུང་འཇོམས་བདག་ལ་གནང་བར་ཞུ། །

ཞེས་ཞུས་པས། རྒྱལ་བུས་བྲམ་ཟེ་ལ་སྨྲས་པ།

དགའ་བའི་བློ་གྲོས་བྲམ་ཟེ་ཚུར་ཉོན་དང་།།
ནོར་བུ་རིན་ཆེན་དགོས་འདོད་དཔུང་འཇོམས་དེ།།
ཡབ་ཀྱིས་བདག་ལ་གནང་བ་མ་ཡིན་ནོ།།
ད་དུང་ཡབ་ཀྱིས་བདག་ལ་མི་གནང་ངོ་།།
མི་ནོར་སྦྱིན་པ་བཏང་ན་ཁ་མཆུའི་རྒྱུ།།
དེ་བས་རང་དབང་ཡོད་པའི་ནོར་བུ་བཞེས།།
དཔུང་འཇོམས་འདི་ལ་དགོངས་པ་མ་མཛད་ཅིག།
ཅེས་གསུངས་པ་དང་། བྲམ་ཟེ་ན་རེ།
རྒྱལ་བུ་ཁྱོད་ཀྱིས་བདག་ལ་ཚུར་ཉོན་དང་།།
ཁྱོད་ཀྱི་སྦྱིན་གཏོང་སྙན་གྲགས་མང་ཐོས་ནས། །
ཐག་རིང་ལམ་དུ་དཀའ་བ་སྤྱད་ནས་འོངས།།
རེ་དོགས་དེ་ལྟར་ཡིན་ན་ཡིད་མ་ཆེས།།
དགོས་འདོད་དཔུང་འཇོམས་བློ་ཡིས་མི་ཐོངས་ན།།
ཕ་རོལ་ཅི་འདོད་སྟེར་བ་རྫུན་མར་འདུག།
དམ་བཅའ་དེ་དང་འགལ་བ་ཀྱི་མ་ཧུད།།
ད་ནི་རང་གི་ཡུལ་དུ་ལོག་ནས་འགྲོ།།
ནོར་བུ་འདི་རྣམས་མི་དགོས་ཁྱེད་རང་ཁྱེར།།
ཞེས་ཟེར་ནས་ཁོ་ཁྲོས་ནས་ལོག་སོང་བ་དང་། རྒྱལ་བུས་བྲམ་ཟེའི་

ཇེས་ལ་ཕྱིན་ནས་སྨྲས་པ།

གྲོགས་པོ་ཁྱེད་ནི་ཐུགས་ཡོག་མ་མཛད་ཅིག །
བྱམས་པའི་སེམས་ཀྱིས་བདག་ལ་དགོངས་མཛོད་དང་། །
དགོས་འདོད་དཔུང་འཇོམས་འདི་ཡི་བྱུང་ཚུལ་ནི། །
རྒྱ་མཚོའི་གཏིང་གི་ཀླུ་མོ་དཀར་མོ་ཡིས། །
སངས་རྒྱས་འོད་དཔག་མེད་ལ་ཕུལ་བ་ཡིན། །
འོད་དཔག་མེད་ཀྱིས་བདག་གི་ཡབ་ལ་གནང་། །
མི་དབང་རྒྱལ་པོས་བདག་ལ་གནང་བ་མིན། །
རྒྱལ་པོའི་ཆབ་སྲིད་བརྟན་ཅིང་རྒྱས་པ་ཡང་། །
དགོས་འདོད་དཔུང་འཇོམས་འདི་ལས་བྱུང་བ་ཡིན། །
ཟླ་བཟང་ལ་སོགས་བློན་པོ་སུམ་སྟོང་ཡང་། །
དགོས་འདོད་དཔུང་འཇོམས་འདི་ལས་བྱུང་བ་ཡིན། །
བདེ་སྐྱིད་ལྡན་ཞིང་དཔལ་འབྱོར་འཇོམས་པ་ཡང་། །
དགོས་འདོད་དཔུང་འཇོམས་འདི་ལས་བྱུང་བ་ཡིན། །
མི་དབང་ཆེན་པོའི་དཔལ་འབྱོར་འདི་ཡིས་ཐོབ། །
འདོད་དགུ་འབྱུང་བའི་རིན་ཆེན་ཐུམ་པ་འདི། །
ཕ་རོལ་དགྲ་བོའི་དམག་དཔུང་འདི་ཡིས་འཇོམས། །
ཁམས་གསུམ་འདི་ན་དཀོན་པའི་ནོར་བུ་ཡིན། །

སྟོང་གསུམ་འཇིག་རྟེན་ཡོངས་ཀྱི་ཁྱད་ནོར་འདི།།
བདག་ནི་འཆི་བའི་སྲོག་ལ་བབས་ཀྱང་རུང་།།
ད་རེས་སྦྱིན་པ་ཆོས་ཀྱི་ལམ་ཡིན་པས།།
བྲམ་ཟེ་བློ་གྲོས་ཁྱོད་ལ་སྟེར་བར་བྱ།།

ཞེས་གསུངས་པ་དང་། ནོར་བུ་རིན་ཆེན་མཚོང་གི་གཙུའི་ནང་དུ་བཙུག་སྟེ་གླང་པོ་ཆེ་གཅིག་དང་བཅས། བྲམ་ཟེ་ལ་གནང་ནས་འདི་སྐད་གསུངས་སོ།།

ལེགས་ལྡན་བྲམ་ཟེ་ཆེན་པོ་ད་བཞེངས་ཤིག།
གཞོན་ནུ་སྟོབས་རྩལ་ལྡན་པའི་གླང་ཆེན་ལ།།
དཔུང་འཇོམས་འདོད་དགུའི་གཏེར་ཆེན་མགྱོགས་པར་ཁྱོལ།།
གལ་ཏེ་ཡབ་ཀྱིས་གསན་ན་རྗེས་བསྙེགས་ནས།།
ནོར་བུ་གླང་པོ་ཆེ་དང་བཅས་པ་འཕྲོག།
ཕྲོགས་པས་མི་ཆོག་ཁྱོད་རང་སྲོག་དང་འབྲལ།།
ལོ་ལོ་སྦྱོངས་ལ་བརྩོན་འགྲུས་ལམ་ཞུགས་ནས།།
རང་གཞན་གཉིས་ཀྱི་དོན་ཆེན་འགྲུབ་པར་མཛོད།།

ཅེས་གསུངས་པ་དང་། བྲམ་ཟེས་ཞུས་པ།

ལེགས་པར་ཐུགས་ལ་བཏགས་སོ་རྒྱལ་བའི་སྲས།།
ཁམས་གསུམ་འགྲོ་བ་ཀུན་གྱི་སྐྱབས་གཅིག་པུ། །

དུས་གསུམ་བདེ་གཤེགས་སངས་རྒྱས་སྤྲུལ་པའི་སྐུ། །
སྲིད་གསུམ་འགྲོ་བ་འདྲེན་མཆོག་ཐར་བའི་ལམ། །
སངས་རྒྱས་བསྟན་པ་ཉིན་མོར་བྱེད་པའི་མཆོག །
འཁོར་བའི་ཆུ་བོ་ཆེ་ལས་སྒྲོལ་བའི་གྲུ། །
འགྲོ་དྲུག་འཁོར་བ་འཇོམས་པའི་དམག་དཔུང་ཅན། །
རྒྱལ་པོ་དཔའ་རྩལ་ཅན་ལ་ཕྱག་འཚལ་བསྟོད། །

ཅེས་ཟེར་ཏེ་གླང་པོ་ཆེ་ལ་ནོར་བུ་བཀལ་ནས་བྲམ་ཟེ་བཞུད་དོ། །དེར་རྒྱལ་བུས་སྨོན་ལམ་བཏབ་པ།

ཕྱོགས་བཅུའི་རྒྱལ་བ་སྲས་དང་བཅས་པ་རྣམས། །
དེ་དག་ཐམས་ཅད་བདག་ལ་དགོངས་སུ་གསོལ། །
བདག་གིས་འགྲོ་དོན་ཅི་བསམ་འགྲུབ་པ་དང་། །
ཐེག་ཆེན་སེམས་ཀྱི་སྦྱིན་པ་རྫོགས་པ་དང་། །
དཔུང་འཇོམས་གཞན་གྱིས་འཕྲོག་པར་མ་གྱུར་ཅིག །
མཐའ་འཁོབ་བྱེ་མའི་ཡུལ་དུ་སླེབ་པར་ཤོག །

ཅེས་སྨོན་ལམ་བཏབ་ནས་རྒྱལ་བུ་པོ་བྲང་ནང་དུ་ཕེབས་སོ། །

དེ་ནས་ཟླ་བ་གཅིག་ཙམ་སོང་བ་དང་། ནོར་བུ་བྱིན་ནས་མེད་པ་ཚོར་ནས། རྒྱལ་བློན་འབངས་འཁོར་གཡོག་རྣམས་ཀྱིས་མྱ་ངན་ཆེན་པོ་བྱས་སོ། །དེའི་དུས་སུ་ཐམས་ཅད་གྲོས་བྱས་པས། བདུད་བློན་ཏྭ་ར་མཛེས་

གྱིས་ཡབ་རྒྱལ་པོའི་དྲུང་དུ་ཕྱིན་ནས་འདི་སྐད་ཅེས་གསོལ་ཏོ། །

ཡབ་གཅིག་རྒྱལ་པོ་བདག་ལ་དགོངས་མཛོད་དང་། །
རྗེ་ཡི་ནོར་བུ་དགོས་འདོད་དཔུང་འཇོམས་དེ། །
སྲས་ཀྱིས་ཕངས་མེད་དགྲ་ལ་བྱིན་ནས་ཐལ། །
མི་བདེན་དགོངས་ན་བང་མཛོད་གཟིགས་དང་གསལ། །
དཔུང་འཇོམས་མེད་པའི་བུ་ཡིས་ཅི་ཞིག་བྱེད། །
ཁྲིམས་ཀྱི་ལས་ལ་སྦྱར་ན་མི་རིགས་སམ། །
ཞེས་ཞུས་པ་དང་། རྒྱལ་པོས་འདི་སྐད་གསུངས་སོ། །
གཏམ་དེ་བདེན་ནམ་བློན་པོ་ཏྲ་ར་མཛེས། །
ཐོས་པའི་གཏམ་ལ་ཕྱེད་བདེན་ཕྱེད་མི་བདེན། །
དྲི་རྟོག་བརྟར་ཤ་ད་དུང་བྱེད་ལོང་ཡོད། །
བློན་པོས་ཕྲ་མ་རྫུན་ཚིག་མ་བྱེད་ཅིག །
དཔུང་འཇོམས་དགྲ་ལ་སྦྱིར་བར་ཨེ་ཕོད་དམ། །
ཞེས་གསུངས་པ་དང་། ཡང་ཏྲ་ར་མཛེས་ཀྱིས་སླས་པ།
ནོར་བུ་རིན་ཆེན་དགོས་འདོད་དཔུང་འཇོམས་དེ། །
དགྲ་ལ་བྱིན་པ་བདག་གི་མིག་གིས་མཐོང་། །
མཐའ་མི་བྲམ་ཟེ་གཅིག་ལ་བྱིན་ནས་སོང་། །
བདག་གི་ཚིག་ལ་བདེན་པར་མི་འཛིན་ན། །

གདུང་རྒྱུད་སྲས་ཀྱི་སྒྲིན་པའི་ཁ་མི་འགོག།

བདག་ལ་ཁྱད་མེད་ཁྱེད་རང་ཅི་དགའ་མཛོད།།

ཅེས་ཟེར་ནས་ཁོ་ཁྲོས་ཏེ་སོང་ངོ་། །ཡབ་རྒྱལ་པོ་ཡང་ཐུགས་མ་བདེ་ཞིང་ལུས་བཙན་དུག་གི་ཁུ་བ་འཐུང་བ་བཞིན་དུ་སྲིད་ཆེ་ལེ་ཞལ་རས་ནག་རོག་གེར་སོང་། སང་ཉི་མ་ཤར་བ་དང་རྒྱལ་པོས་སྲས་ཀྱི་རྩར་ཕྱིན་པས་སྲས་ཞལ་རས་ས་ལ་སྦུབ་ནས་འདུག་པ་དང་། ཡབ་ཀྱིས་འདི་ལྟར་གསུངས་པ།

ང་ཡི་དྲི་མེད་ཀུན་ལྡན་དོན་གྲུབ་དཔལ།།

དྲང་པོའི་གཏམ་ཞིག་སྨོས་དང་ལེགས་ལྡན་དཔལ།།

གྲོང་ཁྱེར་བྱེ་བ་བརྒྱ་ལ་འོད་ཆགས་པའི།།

མི་དབང་ཆེན་པོའི་སྐུ་ལས་བྱུང་བ་ཡིན།།

གདུང་རབས་འདོད་དགུ་འབྱུང་བའི་རིན་ཆེན་གཏེར།།

ཁྱོད་ཀྱིས་དགྲ་ལ་བྱིན་པ་མ་ཡིན་ནམ།།

དྲི་མེད་ཀུན་ལྡན་ཁྱོད་ཀྱིས་ལེགས་པར་སྨོས།།

ཞེས་གསུངས་པ་དང་། སྲས་ཀྱིས་ཡབ་ལ་ཕྱག་འཚལ་ཐལ་མོ་སྦྱར་ནས་ཞུ་བ་འབུལ་མ་ནུས། ཡང་ཡབ་ཀྱིས་གསུངས་པ།

གྲོང་ཁྱེར་ཆེན་པོ་དགུ་ཁྲི་ཉིས་སྟོང་དང་།།

རྒྱལ་ཕྲན་དྲུག་ཅུ་བློན་པོ་སུམ་སྟོང་དང་།།

ནོར་བུ་རིན་ཆེན་བསམ་འཕེལ་ལྷ་བརྒྱ་དང་།།
གསེར་དངུལ་ལ་སོགས་བང་མཛོད་མང་པོ་དང་།།
ནོར་དབྱིག་ཁྱད་ནོར་དུ་མ་ཡོད་ལགས་ཀྱང་།།
དཔུང་འཇོམས་འདྲ་བའི་ནོར་བུ་ཡོད་མ་ཡིན།།
དཔུང་འཇོམས་དགྲ་ལ་བྱིན་པ་བདེན་ནམ་ཅི།།

ཞེས་གསུངས་པ་དང་། སྲས་ཀྱི་ཐུགས་ལ་དངངས་ཀྱང་ནོར་བུ་སྟོན་རྒྱུ་མེད་པས་གསང་མི་ཐུབ། ད་དྲང་པོར་ཞུ་དགོས་དགོངས་ནས་སྨྲས་པ།

མི་དབང་རྒྱལ་པོ་ཆེན་པོ་བདག་ལ་དགོངས།།
ཐག་རིང་ལམ་དུ་དཀའ་བ་སྤྱད་པའི་མི།།
ནོར་གྱིས་དབུལ་ཞིང་ཟས་ནོར་ཕོངས་པའི་མི།།
མི་ཡི་ལུས་ལ་བཀྲེས་སྐོམ་སྡུག་བསྔལ་ཅན།།
མཐའ་མི་བྲམ་ཟེ་ཞིག་ལ་བྱིན་པ་བདེན།།
ཡབ་ཀྱིས་བདག་ལ་བཀའ་བཀྱོན་མེད་པར་ཞུ།།

ཞེས་ཞུས་པ་དང་། ཡབ་རྒྱལ་པོ་དྲན་མེད་དུ་བརྒྱལ་ལོ། །བཙུན་མོའི་ཚོགས་རྣམས་ཀྱང་མྱ་ངན་ཆེན་པོས་ནོན་ཏོ། །དེ་ནས་ཡུད་ཙམ་ཞིག་ནས་བརྒྱལ་བ་སངས་ཏེ། འདི་སྐད་ཅེས་སྨྲས་སོ།།

བྱང་ཕྱོགས་སྒྲ་དབྱངས་ཤིང་རྗེ་ལྷ་ལྡན་ན།།

མངའ་བདག་སྣ་དབྱངས་ཛ་སྣའི་རྒྱལ་པོ་དེ།།
མངའ་ཐང་མཐོ་ཡང་དེ་འདྲའི་ནོར་བུ་མེད།།
ལྷོ་ཕྱོགས་འཛམ་གླིང་རིན་ཆེན་འབྱུང་བའི་ཡུལ།།
དེ་ཡི་རྒྱལ་པོ་གྲགས་པ་མཐའ་མེད་དེ།།
མངའ་ཐང་མཐོ་ཡང་དེ་འདྲའི་ནོར་བུ་མེད།།
དབུས་ཕྱོགས་ཅི་ཏ་ཨིནྡྲའི་ཤོད་ཤ་ན།།
དེ་འདྲའི་རྒྱལ་པོ་ཨིནྡྲ་ཛོ་ཧྲི་དེ།།
མངའ་ཐང་མཐོ་ཡང་དེ་འདྲའི་ནོར་བུ་མེད།།
ང་ཡི་གཏེར་ཆེན་བུམ་པ་བཟང་པོ་དེས།།
ཕྱི་ཡི་དགྲ་འདུལ་ནང་ལ་དངོས་གྲུབ་འབྱུང་།།
རིན་ཆེན་རིན་ཐང་མེད་པའི་གཏེར་ཆེན་དེ།།
མི་ངན་དགྲ་པོ་ཁྱོད་ཀྱིས་མེད་པར་བཏང་།།
ང་ཡི་ཆབ་སྲིད་རླུང་ལ་བསྐུར་ནས་སོང་།།
ཞེས་གསུངས་པ་དང་། སྲས་ཀྱིས་ཡབ་ལ་ཞུས་པ།
མི་དབང་ཡབ་གཅིག་བདག་ལ་རྩེར་དགོངས་དང་།།
བདག་ནི་སྨིན་པའི་ལམ་ལ་ཤིན་ཏུ་མོས། །
ཕ་རོལ་ཅི་འདོད་སྟེར་བའི་དམ་བཅའ་བྱས།།
སློང་མི་བྱུང་ན་བུ་དང་ཚུང་མ་སྟེར།།

རང་གི་སྲོག་ཀྱང་སྐྱེར་མོས་དེ་ལྟར་ན།།
ཡབ་ཀྱང་ནོར་ལ་ཞེན་ཆགས་ཆུང་བར་མཛོད།།
ཅེས་ཞུས་པ་དང་། ཡབ་ཀྱིས་གསུངས་པ།
སྔོན་ཆད་ནོར་བུ་རིན་ཆེན་ཡོད་པའི་དུས།།
ཆབ་སྲིད་བརྟན་ཅིང་བདེ་སྐྱིད་ལྡན་པ་ཡིན།།
ད་ནི་དཔུང་འཇོམས་དེ་འདྲ་མེད་པ་ཤ།།
ང་ཡི་ཆབ་སྲིད་དགྲ་ལ་ཤོར་བ་ཡིན།།
ཚེ་སྔོན་དགྲ་བོ་ཁྱོད་ཀྱིས་གང་བྱེད་པ།།
ཕ་ལ་མི་འདྲི་མ་ལ་གྲོས་མེད་པར།།
ཁྱོད་ནོར་དགྲ་ལ་སྐྱེར་བ་ཅི་ཡིན་པ།།
ཞེས་གསུངས་པས། ཡང་སྲས་ཀྱིས་ཞུས་པ།
ལྷ་དབང་ཡབ་གཅིག་བདག་ལ་ཚུར་གསོན་དང་།།
སྔོན་དུས་ཡབ་དང་བདག་ཉིད་དམ་བཅས་པར།།
སེམས་ཅན་དབུལ་ཕོངས་སྡུག་བསྔལ་མཐའ་དག་ལ།།
བདག་ནི་སྦྱིན་པ་གཏོང་ལ་དགའ་བ་སྟེ།།
ལུས་ལས་ཆད་པའི་བུ་ཚ་མིང་སྲིང་དང་།།
རང་གི་སྲོག་དང་དགོས་འདོད་དཔུང་འཇོམས་ཀྱང་།།
སྦྱིན་པར་གཏོང་བ་ཡབ་ལ་མ་ཞུས་སམ།།

ཞེས་ཞུས་པ་དང་། ཡང་ཡབ་ཀྱིས་གསུངས་པ།
སྟོན་ཚད་བསམ་འཕེལ་ལ་སོགས་ནོར་བུ་དང་།།
གསེར་དངུལ་ཟངས་ལྕགས་འབྲུ་ཡི་བང་མཛོད་དང་།།
རྟ་དང་གླང་པོ་མ་ཧེའི་ཚོགས་རྣམས་ཀུན།།
སྦྱིན་པར་གཏོང་བའི་འཆད་དོན་ཡོད་མོད་དེ།།
ཁྱོད་རང་སྲོག་དང་དགོས་འདོད་དཔུང་འཛོམས་གཉིས།།
སྦྱིན་པར་གཏོང་བའི་འཆད་དོན་བྱས་པ་མེད།།
ཅེས་གསུངས་པ་དང་། སྲས་ཀྱིས་ཞུས་པ།
ཡབ་གཅིག་རྒྱལ་པོ་བདག་ལ་ཚུར་གསོན་དང་།།
སྤྲང་མས་འབད་ནས་བསགས་པའི་སྤྲང་རྫི་དེ།།
འབད་ཀྱང་འབྲས་བུ་དོན་ཡོད་མ་ཡིན་ནོ།།
ཡབ་ཀྱང་ནོར་ལ་ཞེན་ཆགས་ཆེ་ན་འང་།།
སེར་སྣས་བཅིངས་པའི་ནོར་ལ་སྙིང་པོ་མེད།།
སྟོང་གསུམ་ནོར་ལ་དབང་བའི་རྒྱལ་པོ་ཡང་།།
འཇིག་རྟེན་འདི་ནས་ཕ་རོལ་འགྲོ་བའི་ཚེ།།
ནོར་མེད་ལག་པ་སྟོང་པར་འགྲོ་དགོས་པས།།
ཟང་ཟིང་ནོར་ལ་ཆགས་པ་མ་འབྲེལ་ལམ།།
ཡབ་ཀྱང་ནོར་ལ་ཞེན་པ་ཆུང་བར་མཛོད།།

སེར་སྣས་བཅིངས་པའི་ཐུགས་དེ་འཕྲེང་གྱུར་ཀྱང་།།
ད་ནི་ནོར་བུ་དཔུང་འཇོམས་ལོག་མི་འགྱུར།།
ཞེས་ཞུས་སོ། །ཡང་རྒྱལ་པོས་གསུངས་པ།
ཚེ་སྟོན་དགྲ་བོ་བུ་ཏུ་བཟུས་ནས་ནི།།
ནོར་བུ་དཔུང་འཇོམས་མེད་པར་གྱུར་པ་དེ། །
ཤར་བའི་ཉི་མ་དགོང་མོར་ནུབ་པ་ཡིན།།
ང་ཡི་རྒྱལ་སྲིད་རླུང་ལ་བསྐུར་ནས་སོང་།།
ཀྱེ་མ་ཀྱི་ཧུད་བྱ་བ་འདི་ལ་ལྟོས།།
ཞེས་གསུངས་སོ། །སྲས་ཀྱིས་ཞུས་པ།
བདག་ཏུ་མི་འཛིན་ཀུན་ལ་བྱམས་པ་དང་།།
བདག་འཛིན་སེར་སྣའི་ནོར་དང་བྲལ་གྱུར་ན།།
བདག་གཞན་དོན་འགྲུབ་དགའ་བའི་ཉི་མ་ཡང་།།
ཤར་བར་འགྱུར་རོ་གཅིག་པུར་ཆོས་ལ་འབུངས།།
ཞེས་ཞུས་པ་དང་། ཡང་ཡབ་ཀྱིས་གསུངས་པ།
བུ་ཏུ་བཟུས་ནས་གཅེས་པར་བསྐྱངས་ན་ཡང་།།
ལོག་པའི་འདུན་མས་རྒྱལ་སྲིད་སྟོངས་སུ་བཙུག།
དཔུང་འཇོམས་མེད་པའི་དགྲ་བོ་ཁྱོད་འདྲ་ཞིག།
བདག་ལ་དགོས་པ་མེད་དོ་ཁྲིམས་ལ་སྦྱོར།།

ཞེས་གསུངས་ནས་རྒྱལ་བུ་དྲི་མེད་ཀུན་ལྡན་གཤེད་མ་རྣམས་ཀྱི་ལག་ཏུ་གཏད་དེ། དེ་ནས་གཤེད་མ་རྣམས་ཀྱིས་རྒྱལ་བུ་བཟུང་ནས་སྐུ་ལུས་གཅེར་བུར་བྱས། ཕྱག་གཉིས་ནི་རྒྱབ་ཏུ་བཅིངས། སྐེ་ལ་ཐག་པ་བཏགས་ནས་ཕོ་བྲང་གི་ཕྱིར་བསྐོར་བ་ལ་ཁྲིད་དོ། །དེའི་དུས་སུ་རྒྱལ་བུའི་བཙུན་མོ་མཛེ་བཟང་མོས་སྲས་ལྷམ་སྲིང་གསུམ་པོ་ཁྲིད་ནས་རྒྱལ་བུ་དྲི་མེད་ཀུན་ལྡན་གྱི་ཕྱིར་འབྲངས་ཤིང་། ལག་པས་ནི་རང་གི་སྐྲ་འབལ། མིག་ནི་མཆི་མས་བཀང་། སེམས་མི་དགའ་བའི་སྨྲེ་སྔགས་འདི་སྐད་འདོན་ནོ། །

ཀྱེ་ཧུད་ཀྱེ་ཧུད་འདི་འདྲའི་སྡུག་བསྔལ་ལ། །
བདག་གི་དྲི་མེད་ཀུན་ལྡན་དོན་གྲུབ་དཔལ། །
མ་ཤི་དམྱལ་བའི་སྡུག་བསྔལ་དེ་རིང་མཐོང་། །
ལྷ་ཡི་དམག་དཔུང་དུས་འདིར་མ་སླེབས་སམ། །
སངས་རྒྱས་རྣམས་ཀྱིས་དཔང་པོ་མི་མཛད་དམ། །
རྒྱལ་བུ་ཉེས་མེད་པོ་ལ་ཐུགས་རྗེས་གཟིགས། །
བདག་གི་དྲི་མེད་ཀུན་ལྡན་དོན་གྲུབ་དཔལ། །
ཞིགས་པའི་ལམ་ལ་ཤིན་ཏུ་སོང་ན་ཡང་། །
གོ་བ་མེད་པའི་རྒྱལ་བློན་འཁོར་བཅས་ཀྱིས། །
སྙིང་རྗེ་མེད་པའི་ལས་རིགས་འདི་འདྲ་བྱས། །
ནོར་དང་བུ་གཉིས་ནོར་ལ་འདམ་པ་འདུག །

མི་སྲིད་སྲིད་པའི་རྒྱལ་ཁྲིམས་འདི་འདྲ་ཨང་།།
ཐུགས་བསམ་ཐོངས་དང་སྙིང་ཡང་མི་རྗེའམ།།
དགྲ་བོ་ཡིན་ཀྱང་དེ་འདྲ་ག་ལ་ཐོད།།
སྣང་སྲིད་སྲིད་པའི་ལྷ་དང་གནོད་སྦྱིན་ཚོགས།།
མི་དབང་ཆེ་དང་ས་བདག་སྟོབས་པོ་ཆེ།།
མིའམ་ཅི་སོགས་ནུས་མཐུ་ལྡན་པ་རྣམས།།
བདག་ཅག་མ་བུ་རྣམས་ཀྱི་སྡུག་བསྔལ་འདི།།
སྐྱོབ་པའི་ནུས་མཐུ་ལྡན་པ་ཡོད་དམ་ཅི། །
ཡོད་ན་སྐྱོབས་དང་དྲིན་ལན་མྱུར་དུ་འཇལ།།
ཀྱི་ཧུད་ཀྱི་ཧུད་སྡུག་བསྔལ་འདི་འདྲ་བ།།
སྙིང་གིས་མི་བཟོད་ཡིད་ཀྱིས་ག་ལ་ཐོད།།
འདི་འདྲ་མ་མཐོང་གོང་དུ་མི་འཆི་བ།།

ཞེས་ཟེར་ཞིང་དྲི་མེད་ཀུན་ལྡན་གྱི་ཕྱིར་འབྲངས་སོ། །དེ་ནས་གཤེད་མའི་ཚོགས་རྣམས་ཀྱིས་གོ་ཆ་འདི་ལྟར་ཐོགས་ཏེ། སྲ་དཀར་གྱི་མདའ་དང་། རྭ་ཆེན་གྱི་གཞུ་དང་། རལ་གྲི་དང་། གླང་ཆེན་གྱི་འགྲོགས་དང་། དུང་ཆེན་གྱི་སྒྲ་ལ་སོགས་པ་མཐོང་བ་ཙམ་གྱིས་སྐྲག་པར་བྱེད་པའི་ཆས་སུ་ཞུགས་ནས། ལ་ལས་ནི་རྒྱལ་བུའི་རྒྱབ་ནས་སྐྱོར། ལ་ལས་ནི་མདུན་ནས་ཁྲིད། ཉིན་མོ་ནི་མི་ལ་སྟོན་པའི་ཕྱིར་གྲོང་ཁྱེར་ལ་བསྐོར་བ་

བྱེད། མཚན་མོ་རབ་ཏུ་ནག་པའི་དོང་དུ་བཅུག་ནས་བཞག དེའི་དུས་སུ་གྲོང་ཁྱེར་གྱི་མི་ཐམས་ཅད་ཀྱང་འདུས་སོ། །བཟང་མོ་མ་བུ་རྣམས་ནི་སྨྱུ་ངན་གྱིས་ནོན་ཏེ། མིག་མཆི་མས་བཀང་ལག་པས་བྲང་བརྡུངས་ཏེ། སྐད་ཆོར་ཆོར་དུ་ཞིང་སྨྲས་པ།

དྲི་མེད་ཀུན་ལྡན་ལེགས་པའི་ལམ་སྟོན་པ། །
དབུལ་ཞིང་ཕོངས་པའི་སྐྱོ་བོ་ནོར་མེད་ལ། །
སྙིང་རྗེ་རབ་ཏུ་ཆེ་ཞིང་བརྩེ་བ་ཡིས། །
ཅི་དགོས་སྦྱིན་པས་ཚིམ་པའི་གཏོང་ཕོད་ཅན། །
སྦྱིན་པའི་འབྲས་བུ་དེ་རིང་མི་སྨིན་པར། །
དེ་རིང་དེ་འདྲའི་ལས་ལ་སྤྱོར་བ་དེ། །
མ་བུ་རྣམས་ཀྱི་བསོད་ནམས་ཟད་པ་འདྲ། །

ཞེས་ཞུས་ནས་སྐད་ཆེན་པོས་ངུས་སོ། །དེ་ནས་ཡབ་རྒྱལ་པོས་བློན་པོ་གྲོས་ལ་དབང་བ་རྣམས་ལ་སྨྲས་པ།

བློན་པོའི་ཚོགས་རྣམས་བདག་ལ་ཚུར་ཉོན་དང་། །
རྒྱལ་བུས་མི་འོས་ནོར་བུ་དགྲ་ལ་བྱིན། །
ཡིད་ལ་མེད་པའི་ལས་རིགས་འདི་འདྲ་མཐོང་། །
ད་དུང་ཆད་པ་གཅོད་ལུགས་ཅི་འདྲ་བྱེད། །
ཐུགས་བསམ་ཐོངས་དང་བློན་པོའི་ཚོགས་རྣམས་ཀུན། །

ཞེས་གསུངས་པ་དང་། དེར་བློན་པོ་ཁ་ཅིག་ན་རེ། རྒྱལ་པོའི་སྲས་ཡིན་ཀྱང་ཁྲིམས་ཀྱི་ལས་ཐོབ་པར་འདུག་པས། ལུས་ཀྱི་པགས་པ་བཤུས་ན་རིགས་ཟེར། ལ་ལ་ན་རེ། གསལ་ཤིང་གི་རྩེ་ལ་བསྐྱོན་པར་རིགས་ཟེར། ལ་ལ་ན་རེ། ཡན་ལག་རྣམས་སོ་སོར་གཅོད་པར་རིགས་ཟེར། ལ་ལ་ན་རེ། སྤྱི་སྙིང་འདོན་ཟེར། ལ་ལ་ན་རེ། ལུས་འཇུར་མིག་ལ་དྲོངས་ཟེར། ལ་ལ་ན་རེ། ལུས་མགོ་མཇུག་མེད་པ་ནས་ཁྲག་བཏོན་ནས་གསོད་པར་རིགས་ཟེར། ལ་ལ་ན་རེ། ཤ་རུས་བརྡུངས་ནས་གསོད་པར་རིགས་ཟེར། ལ་ལ་ན་རེ། མགོ་བཅད་ནས་ཕོ་བྲང་གི་སྒོ་ལ་འདོགས་ཟེར། ཁ་ཅིག་ན་རེ། རྒྱལ་བུ་ཡབ་ཡུམ་སྲས་དང་བཅས་པ་རྣམས་དོང་རུལ་དུ་གཏོང་བར་རིགས་ཟེར། ཐམས་ཅད་གཏམ་སོ་སོར་སྨྲས་ཀྱང་རྒྱལ་བུ་གསོད་པར་ཁ་འཆམས་སོ། །དེ་དག་ཡབ་རྒྱལ་པོའི་ཐུགས་ལ་ཅུང་ཞིག་ཕོག་ནས་བློན་པོ་རྣམས་ལ་སྨྲས་པ།

བདག་གི་བུ་ནི་ལེགས་པའི་ལམ་ལ་སོངས།།
བྱང་ཆུབ་སེམས་དཔའི་གདུང་རྒྱུད་ཡིན་པའི་ཕྱིར།།
གསོད་ཅེས་བྱ་བར་སུ་ཡིས་ཕོད་པ་ཡིན།།
ད་དུང་ཁྱོད་རྣམས་བསམ་བློ་ལེགས་པར་ཐོངས།།

ཞེས་སྨྲས་པ་དང་། བློན་པོ་ཟླ་བ་བཟང་པོ་ཞེས་བྱ་བ་དད་པ་ཆེ་ཞིང་ཆོས་ལ་དགའ་བ་ཞིག་ཡོད་པ་དེས་སྨྲས་པ།

ཁྱེད་ཅག་འདིར་འདུས་བློན་པོའི་ཚོགས་རྣམས་ཀུན།།

ཁྱེད་རྣམས་སྨྲས་པའི་གཏམ་དེ་ཅི་ཞིག་ཡིན།།
རྒྱལ་པོར་སྲས་ནི་གཅིག་པོ་འདི་ལས་མེད།།
རྒྱལ་པོ་མེད་ན་འབངས་ཀྱིས་ཅི་ཞིག་བྱེད།།
བདག་ནི་བསམ་ཞིང་སྐྱོ་བ་སྐྱེ་ལགས་པས།།
འཛམ་བུ་གླིང་གི་མཐའ་ལ་ཁྲོས་འགྲོ་སྙམ།།
ཡབ་གཅིག་རྒྱལ་པོ་ཐུགས་དགོངས་མ་ཆུང་བར།།
སྡིག་ཅན་བློན་པོའི་གྲོས་ལ་མ་གསོན་མཛོད།།
ཨེ་མ་འཛམ་བུའི་གླིང་ན་ངོ་མཚར་ཅན།།
ངོ་མཚར་རྨད་བྱུང་སངས་རྒྱས་སྤྲུལ་པའི་སྐུ།།
ཡོན་ཏན་བརྗོད་པར་མི་ནུས་བསམ་མི་ཁྱབ།།
གཙུག་གི་རྒྱན་གཅིག་དྲི་མེད་ཀུན་ལྡན་དེ།།
ཕོ་བྲང་སྒོ་ཁྲིད་བསྐོར་བ་བྱས་པའི་ཚེ།།
མཆི་བཟང་མོ་སྲས་དང་བཅས་པ་ཡང་།།
རྒྱལ་པོའི་ཕྱིར་འབྲངས་ཞལ་ལ་ལྟ་ཞིང་དུ།།
གྲོང་མི་ཆུན་གཞོན་ཁྱེའུ་བུ་མོའི་ཚོགས།།
ཀུན་ལྡན་དེ་ལ་ལྟ་ཞིང་མྱ་ངན་བྱེད།།
རྒྱལ་བུའི་བསྐུས་མིར་རྫེ་འབངས་མང་བར་གདལ།།
རྒྱལ་བུ་མཐོང་ན་ལྟ་བ་མི་བཟོད་དོ།།

རྒྱལ་བུ་ཐོངས་ལ་བདག་ཅག་གསོད་པར་ཞུ། །
ད་རུང་དགོངས་དང་རྒྱལ་བློན་འཁོར་བཅས་རྣམས། །
ད་ནི་ཧོར་ཁྲིམས་གཅིག་དང་བོད་ཁྲིམས་གཅིག །
རྟ་གཅིག་ཐོག་ཏུ་སྒ་གཉིས་རུང་ལགས་སམ། །
ནོར་བུ་སྦྱིན་པར་བཏང་བའི་ཆད་པ་ནི། །
སྔར་གྱི་རིམ་ཚིག་ད་ནི་གཏོང་དུ་གསོལ། །

ཞེས་ཞུས་པ་དང་། ཡབ་ཀྱི་ཞལ་ནས་རྒྱལ་བུ་རང་འདིར་ཁྲིད་ཤོག་གསུངས། དེ་ནས་བློན་པོ་ཟླ་བ་བཟང་པོ་ཕོ་བྲང་གི་སྒོར་མགྱོགས་པར་ཕྱིན་ཏེ། རྒྱལ་བུ་བཀྲིགས་པའི་ཐག་པ་བཀྲོལ་ཏེ་འདོད་པའི་ན་བཟའ་གསོལ་མཛེས་པའི་རྒྱན་ཕྲུལ་ཏེ། རྒྱལ་བུ་རིན་པོ་ཆེ། ད་ཕོ་བྲང་དུ་ཕེབས་པ་ཞུ་ཞུས་པས། རྒྱལ་བུ་དྲི་མེད་ཀུན་ལྡན་འབྱོན་པར་ཆས་པ་ལ། མཛེ་བཟང་མོ་ཡུམ་སྲས་ཀྱི་དགོངས་པ་ལ། ད་རྒྱལ་བུ་གསོད་པ་ལ་འཁྲིད་པར་འདུག་དགོངས་ནས། གདོང་མཆི་མས་བཀང་ཞིང་རྒྱལ་བུ་ལ་འཆང་ནས་གཏོང་དུ་མ་འདོད། དེར་ཟླ་བ་བཟང་པོ་གློ་བུར་དུ་སྐྱོ་བ་སྐྱེས་ཤིང་མིག་ནི་མཆི་མས་བཀང་སྟེ་མིག་ཆུ་ཐིགས་ཐིགས་བྱེད་ཅིང་ཡབ་རྒྱལ་པོའི་དྲུང་དུ་ལོག་ནས་གསོལ་བ། རྒྱལ་བུ་བཀྲིགས་པའི་ཐག་པ་བཀྲོལ་ནས་གདན་དྲངས་པས། མཛེ་བཟང་མོ་ཡུམ་སྲས་ཀྱི་དགོངས་པ་ལ། ད་ནི་གསོད་པར་ཁྲིད་སྙམ་སྟེ་གཏོང་དུ་མ་འཚལ། བདག་ནི་གློ་བུར་དུ་སྐྱོ་བ་སྐྱེས་ལགས་

པས། ཐུགས་ཀྱིས་དགོངས་དང་རྒྱལ་པོ་རིན་པོ་ཆེ། ཞེས་ཞུས་པ་དང་། རྒྱལ་པོའི་ཞལ་ནས་འོ་ན་ཁོ་རང་ཐམས་ཅད་ཁྲིད་ལ་ཤོག་གསུངས་པ་དང་། བློན་པོ་ཟླ་བ་བཟང་པོས་རྒྱལ་བུ་ཡབ་ཡུམ་རྣམས་གདན་དྲངས་ནས་ཕོ་བྲང་དུ་ཕྱིན་ཏེ། རྒྱལ་བུ་དྲི་མེད་ཀུན་ལྡན་ཡབ་ཡུམ་སྲས་དང་བཅས་པས། ཡབ་རྒྱལ་པོ་ལ་ཕྱག་ཕུལ་ནས་མདུན་དུ་འཁོད་པ་དང་། ཡབ་ཀྱིས་གསུངས་པ།

ཚེ་སྔོན་དགྲ་བོ་བུ་རུ་བརྟུས་ནས་ནི།།
ང་ཡི་ནོར་བུ་རིན་ཆེན་དགྲ་ལ་ཕྱིན།།
ང་ཡི་བང་མཛོད་རྣམས་ནི་སྟོངས་སུ་བཅུག།
དགྲ་བོ་དགའ་ཞིང་རང་ཉིད་བརླག་པ་ཡི།།
བྱ་བ་མང་པོ་ཁྱོད་ཀྱིས་བྱས་པས་ལན།།
མདུན་མ་མང་པོ་ཁྱོད་ཀྱིས་བསྐྱབས་པས་ལན།།
ཧ་ཤར་སྐེམ་སྐེམ་སྒྲ་སྒྲོག་ཅེས་བྱ་བའི།།
བདུད་རི་ཆེན་པོ་དེ་ལ་ཁྱོད་སོང་ཤིག།
ལོ་ནི་བཅུ་གཉིས་བར་དུ་དེ་རུ་སྡོད།།
ད་ལྟ་སོང་ལ་ཡུལ་འདིར་མ་སྡོད་ཅིག།
ཅེས་གསུངས་པ་དང་། སྲས་ཀྱིས་ཞུས་པ།
ལྷ་དབང་ཡབ་གཅིག་བདག་ལ་གསོན་མཛོད་དང་།།

རྒྱལ་སྲིད་ཆོས་བཞིན་མི་སྐྱོང་རྒྱལ་པོའི་སྐྱོན།།
ཡབ་ཀྱིས་བདག་ལ་སྙིང་རྗེའི་ཆུང་ལུགས་ལ།།
རིགས་ངན་གཤེད་མ་རྣམས་ཀྱི་ལག་ཏུ་གཏད། །
ཡན་ལག་ཚོགས་བཞི་རུས་པའི་མགོ་རྣམས་བརྡུངས།།
མགོ་ལུས་མེད་པར་ཚེར་མའི་ལྕུག་གིས་བྲབས།།
རྟ་རྒོད་བཞིན་དུ་ཐག་པས་སྣ་ཕྱིར་ཁྲིད།།
དགྲ་བོ་བཞིན་དུ་གཤེད་མའི་ཚོགས་ཀྱིས་བསྐོར།།
དཔའ་བོའི་དགྲ་བཞིན་ཚོགས་ཀྱི་ཁྲིམ་ལ་འདྲེན།།
མི་རོ་བཞིན་དུ་གོས་མེད་གཅེར་བུར་བྱས།།
དད་ལྡན་བཞིན་དུ་ཉེན་མོ་བསྐོར་བ་བྱས།།
བརྐུས་ནོར་བཞིན་མཚན་མོ་དོང་དུ་སྦས།།
ནག་ཅན་བཞིན་དུ་མཚོན་གྱི་ཆར་བ་ཕབ།།
བདག་གིས་མྱོང་བའི་སྡུག་བསྔལ་འདི་ལྟ་བུ།།
སེམས་ཅན་གཞན་གྱིས་མྱོང་བར་མ་གྱུར་ཅིག །
སྒྱུ་མའི་ནོར་གྱིས་བདག་ལ་དགེ་བ་མེད།།
ཡབ་ཀྱི་བཀའ་བཞིན་བདག་ཀྱང་འགྲོ་བར་ཞུ། །
ཡབ་ཡུམ་ཐམས་ཅད་སྐུ་ཁམས་བཟང་བ་དང་། །
འཁོར་འབངས་ཐམས་ཅད་བདེ་ཞིང་སྐྱིད་པར་ཤོག །

ཅེས་ཞུས་ནས་རྒྱལ་བུ་ཡབ་ཡུམ་ལྷ་པོ་ཁོང་རང་གི་ཕོ་བྲང་དུ་ཕྱིན་ཏེ། དེ་ནས་ཡང་ཁོང་རང་གི་ནོར་ལྷག་མ་གང་ཡོད་རྣམས་ཀུང་སྦྱིན་པར་བཏང་ནས་བདུད་རི་ཏ་ཤང་ལ་འགྲོན་པར་ཆས་པ་དང་། རྒྱལ་བློན་འབངས་འཁོར་རྣམས་ཀྱིས་ཇོང་བ་བྱས་ཏེ། རྒྱལ་སྲན་དྭུག་ཅུས་གསེར་གྱི་དོང་ཙེ་རེ་རེ་ཕུལ། བློན་པོ་སུམ་སྟོང་གིས་དངུལ་གྱི་དོང་ཙེ་རེ་རེ་ཕུལ། འབངས་དགུ་ཁྲིམས་ རྟ་དང་གླང་པོ་ཆེ་ལ་སོགས་པ་མང་པོ་ཕུལ་བས། རྒྱལ་བུས་ནོར་རྣམས་ཀུང་སྦྱིན་པར་བཏང་སྟེ། ཕྱག་ན་ནོར་གཅིག་ཀུང་མེད་པར་བྱས་ནས་མཛེ་བཟང་མོ་ལ་སྨྲས་པ།

བཟང་མོ་ཁྱོད་ནི་ང་ལ་ཉན་པར་གྱིས།།
ང་ནི་ཡབ་ཀྱི་བཀའ་བཞིན་ཏ་ཤང་རི་ལ་འགྲོ།།
ཡུལ་ཕྱོགས་པདྨ་ཅན་དེ་ཡབ་ཀྱི་ཕོ་བྲང་དུ།།
ཁྱོད་རང་མ་བུ་བཞི་པོ་དེར་ལོག་ལ།།
བདེ་བར་སྡོད་ཅིག་སྙིང་གྲོགས་དམ་པའི་ཚོགས།།
ལོ་ནི་བཅུ་གཉིས་བར་དུ་ཁམས་བཟང་ཞིང་།།
བདག་ཀུང་ཁྱེད་ཅག་མ་བུ་བཞི་བོ་དང་།།
འབངས་འཁོར་འཕྲད་པར་སྨོན་ནོ་བདེ་བར་བཞུགས།།

ཞེས་གསུངས་པ་དང་། མཛེ་བཟང་མོས་རྒྱལ་བུ་ལ་ཕྱག་འཚལ་ཏེ་ཞུས་པ།

རྒྱལ་བུ་དམ་པ་ཁྱེད་དང་བདག་བྲལ་ནས།།
པདྨ་ཅན་དུ་ལོག་པ་ངས་ཕོད་དམ།།
རྒྱལ་བུ་ཁྱེད་ནི་ཏ་ཤང་རི་ལ་བྱོན།།
བདག་ཅག་མ་བུ་སྡོད་པ་ག་ལ་ཕོད།།
སྐྱིད་དུས་འགྲོགས་ནས་སྡུག་དུས་འབྲལ་ཕོད་དམ།།
གཅིག་པུར་གཏོང་པ་སེམས་ཀྱིས་ག་ལ་ཕོད།།
ཁྱེད་ནི་འབྱོན་སར་མ་བུ་འཁྲིད་པར་ཞུ།།
ཡང་རྒྱལ་བུས་གསུངས་པ།
བཟང་མོ་ཁྱོད་ནི་དེ་སྐད་མ་ཟེར་ཞིག།
དགའ་བའི་ཡུལ་ཕྱོགས་སྐྱིད་པའི་ཕ་ཡུལ་ན།།
གྲོས་ཐུགས་འདྲི་ས་ཡབ་ཡུམ་གཉིས་པོ་ཡོད།།
སེམས་ཀྱི་གཏད་སོ་ལྕམ་སྲིང་འདི་གསུམ་ཡོད། །
འཇིག་རྟེན་ལས་ནི་བྲན་གཡོག་ཕོ་མོས་བྱེད།།
རང་ཡིད་མཐུན་པའི་མི་དང་འགྲོགས་པས་ཆོག།
པཉྩ་ལི་དང་པདྨའི་གདན་སྟེང་དུ།།
ལྟོགས་ན་རོ་མཆོག་བརྒྱ་ལྡན་གསོལ་བས་ཆོག།
སྐོམ་ན་བདུད་རྩིའི་ཆུ་རྒྱུན་འཐུང་བས་ཆོག།
སྣང་སེམས་སྐྱོ་ན་སྒྲ་དང་གར་ལ་བརྟེན།།

བདུད་རི་ཏ་ཤང་སྐྱེམ་སྐྱེམ་དེ་ལ་ནི། །
ལྟོགས་དུས་ཤིང་ཏོག་སྐོམ་དུས་ཆུ་ལས་མེད། །
ཤིང་ལོའི་གོས་གྱོན་གདན་དུ་རྩྭ་ལས་མེད། །
སྐྱོ་བའི་གྲོགས་ནི་བྱ་དང་རི་དྭགས་ཡིན། །
ཉིན་མོ་མི་མེད་མཚན་མོ་འདྲེ་སོགས་མང་། །
དེ་ནི་ཤིན་ཏུ་འཇིགས་པ་ཆེ་བའི་གནས། །
ཉིན་མཚན་མེད་པར་ཁ་ཆར་རྒྱུན་དུ་འབབ། །
ཁྱོད་ཚོ་དེ་ཙ་ཚུགས་པའི་ས་མེད་པས། །
ཕོ་བྲང་འདིར་སྡོད་བདག་ཀྱང་མྱུར་དུ་ཡོང་། །

ཞེས་གསུངས་པ་དང་། ཡང་མཱདྲི་བཟང་མོས་རྒྱལ་བུའི་ཕྱག་ལ་
འཇུས་ཏེ་སྨྲས་པ།

རྒྱལ་བུ་ཁྱེད་ཀྱི་ཕྱག་ཕྱིར་མི་ཁྲིད་ན། །
དེ་རིང་བཟང་མོ་སྲོག་དང་བྲལ་བར་བྱེད། །
དེ་བཞིན་མ་མཛད་ཕྱག་ཕྱིར་ཁྲིད་པར་ཞུ། །

ཞེས་ཞུས་པ། ཡང་རྒྱལ་བུས་གསུངས་པ།

བཟང་མོ་ཁྱོད་ཀྱིས་བདག་ལ་ཉན་པར་གྱིས། །
བདག་ནི་སྦྱིན་པ་གཏོང་ལ་དགའ་བ་སྟེ། །
སློང་མི་བྱུང་ན་བུ་དང་ཆུང་མ་སྟེར། །

འདོད་མི་བྱུང་ན་རང་གི་སྲོག་ཀྱང་སྟེར།།

དེ་དུས་ཁྱོད་ཀྱིས་སྦྱིན་པའི་གེགས་བྱེད་པས།།

དེ་བས་ཁྱོད་རང་མ་བུ་འདི་ཅུ་སྡོད།།

ཡང་བཟང་མོས་ཞུས་པ།

རྒྱལ་བུ་ཆེན་པོ་བདག་ལ་ཚུར་གསོན་དང་།།

བདག་གིས་སྦྱིན་པའི་གྲོགས་བྱེད་ཁྲིད་པ་ཞུ།།

བདག་ཉིད་བུ་སོགས་གལ་ཏེ་སྟེར་ན་ཡང་།།

ཁྱེད་ཀྱི་ཐུགས་དགོངས་རྫོགས་ཕྱིར་གང་གསུང་བསྒྲུབ།།

དེ་ཕྱིར་བདག་ཅག་ཕྱག་ཕྱིར་ཁྲིད་པ་ཞུ།།

ཞེས་ཞུས་པ་དང་དེ་ནས་རྒྱལ་བུས་བཟང་མོ་ཡུམ་སྲས་རྣམས་ཕྱག་ཕྱིར་ཁྲིད་པར་ཞལ་གྱིས་བཞེས་སོ། །དེ་ནས་རྒྱལ་བུ་དྲི་མེད་ཀུན་ལྡན་ཁོང་རང་གི་ཡུམ་དགའ་ལྡན་བཟང་མོའི་དྲུང་དུ་ཕྱིན་ནས་ཕྱག་འཚལ་ཏེ། ཞུས་པ།

དུས་གསུམ་བདེ་གཤེགས་ཐམས་ཅད་སྐྱེས་པའི་ཡུམ།།

ཚད་མེད་བཞི་ལྡན་ཕ་རོལ་ཕྱིན་བཅུ་ལྡན།།

དགོས་འདོད་རེ་སྐོང་འབྲས་བུ་སྨིན་པའི་མ།།

ཡུམ་ཆེན་ཨ་མ་བདག་ལ་ཚུར་གསོན་དང་།།

བདག་གིས་ནོར་བུ་དཔུང་འཛོམས་དགྲ་ལ་སྦྱིན།།

ཡབ་ཀྱིས་བཀའ་བསྐྱོན་ཚད་པ་མང་དུ་མཛད། །
བདུད་རི་ཏ་ཤང་སྐེམ་སྐེམ་དེ་ལ་ནི། །
ལོ་ནི་བཅུ་གཉིས་བར་དུ་སྒྲུགས་པས་འགྲོ། །
དེ་བར་ཡུམ་ལ་སྐུ་ཚེའི་འགལ་རྐྱེན་དང་། །
གློ་བུར་ནད་ཀྱི་བར་ཆད་མི་འབྱུང་ཞིང་། །
བདག་ཀྱང་ཚེ་ཡི་འདུ་བྱེད་མ་སྟོངས་པར། །
ཡུམ་སྲས་མྱུར་དུ་མཇལ་བའི་སྨོན་ལམ་ཞུ། །

ཞེས་ཞུས་པ་དང་། ཡུམ་དྲན་མེད་དུ་བརྒྱལ་ལོ། །དེ་ནས་དར་ཅིག་ནས་དྲན་པ་སླར་སོས་ནས། ཡུམ་གྱིས་སྲས་ཀྱི་ཕྱག་ལ་འཆང་ནས་མིག་མཆི་མས་བཀང་ཞིང་སྨྲས་པ།

དྲི་མེད་ཀུན་ལྡན་ལེགས་པའི་དོན་གྲུབ་དཔལ། །
དང་པོ་སྐྱེས་པའི་ཨ་མ་ང་ཡིན་མོད། །
སྙིང་དང་འདྲ་བའི་བུ་ཁྱོད་ང་བཞག་ནས། །
འཇིགས་པའི་རི་ལ་འགྲོན་པ་ཡོད་ལགས་སམ། །
ལོ་ནི་བཅུ་གཉིས་ཏ་ཤང་རིར་སྡོད་ན། །
མི་ལོ་བཅུ་གཉིས་རྒན་མོའི་ཚེས་མི་ཐུབ། །
ཁྱེད་མེད་བདག་གི་བློ་གཏད་སུ་ལ་བྱེད། །
འཆི་ཁར་བུ་དང་འབྲལ་བ་ཀྱེ་མ་ཧུད། །

རྒྱལ་པོ་ཆེན་པོའི་ཐུགས་ལ་ཅི་དགོངས་སམ།།
དང་པོ་སྲས་མེད་སྡུག་བསྔལ་བསམ་མི་ཁྱབ།།
ཡར་ལ་དཀོན་མཆོག་མཆོད་པའི་བྱིན་རླབས་དང་།།
མར་ལ་སྦྱིན་པ་བཏང་བའི་འབྲས་བུ་དང་།།
སྐྱབས་གནས་བསླུ་བ་མེད་པའི་བྱིན་རླབས་ཀྱིས།།
ཤིན་ཏུ་དཀོན་པའི་སྲས་གཅིག་བདག་ལ་བྱུང་།།
འཛམ་གླིང་མི་རྣམས་ཡིད་སྨོན་བྱེད་པའི་ཚེ།།
ས་ཐག་རིང་པོར་སྤྱུགས་ནས་ཅི་བྱེད་པ།།
དང་པོ་མ་སྐྱེས་སེམས་ཀྱི་ཕོ་ཐག་ཆོད། །
སྐྱེས་ནས་འདི་འདྲའི་ལས་ལ་སྦྱོར་བ་དེ།།
ཡབ་ཆེན་རྒྱལ་པོ་གདོན་གྱིས་མ་བསླུས་སམ།།
ཞེས་གསུངས་པ་དང་། སྲས་ཀྱིས་ཞུས་པ།
བདག་གི་ཡུམ་ཆེན་སྤྱན་ཆབ་མ་འདོན་ཅིག།
ཁམས་གསུམ་འཁོར་བའི་སེམས་ཅན་ཐམས་ཅད་ཀྱང་།།
འདུས་ནས་འབྲལ་བ་ཀུན་གྱི་ཆོས་ཉིད་ཡིན།།
ཡུམ་ཆེན་བདག་ལ་ཐུགས་ཡིད་འཕྲེང་བ་འདི།།
ཤ་ཁྲག་ལུས་ནས་ཆད་པས་བདེན་པ་ཡིན།།
མ་ཉེས་ནམ་ཞིག་མཐའ་ནས་ལངས་ལགས་སམ།།

ཚེ་འདིར་ཡུམ་སྲས་མཇལ་བའི་དུས་ཤིག་ཡོང་།།
གལ་ཏེ་ཚེ་འདིར་མཇལ་བར་མ་གྱུར་ན།།
ཕྱི་མ་དག་པའི་ཞིང་དུ་མཇལ་བར་སྨོན།།

ཞེས་ཞུས་པ་དང་། དེར་ཡུམ་གྱིས་སྲས་ཀྱི་ཕྱག་ལ་འཆང་ནས་སྤྱན་ཆབ་མང་པོ་ཤོར་རོ། །དེ་ནས་ཡུམ་གྱི་ཐུགས་ལ་བདག་གི་བུ་འདི་ལམ་ཐག་རིང་པོར་འགྲོ་དགོས་པ་ལ་ང་དུས་ན་བཀྲ་མི་ཤིས་པ་འདུག་དགོངས་ནས། སྤྱན་ཆབ་ཕྱིས་ཏེ་ཕྱོགས་བཅུའི་ལྷ་ལ་ཕྱག་འཚལ་ནས་སྨོན་ལམ་བཏབ་བོ།།

ཕྱོགས་བཅུར་བཞུགས་པའི་ཐུབ་དབང་རྒྱ་མཚོའི་ཚོགས།།
རྒྱལ་སྲས་དགྲ་བཅོམ་བྱང་ཆུབ་སེམས་དཔའ་དང་།།
མཐུ་ལྡན་སྲུང་མ་རྒྱལ་ཆེན་སྡེ་བཞི་དང་། །
གཏེར་བདག་ནོར་ལྷ་གཟུགས་མེད་མཁའ་འགྲོའི་ཚོགས།།
མ་ལུས་གསོན་ཅིག་བདག་ལ་དགོངས་སུ་གསོལ།།
བདག་གི་བུ་འདི་ལམ་དུ་ཞུགས་པའི་ཚེ། །
ལོག་པར་མི་འགྱུར་ཐར་ལམ་འདྲེན་པར་ཤོག།
ལ་ལུང་མང་པོ་མྱུར་དུ་བགྲོད་པའི་ཚེ།།
ངལ་དུབ་སྡུག་བསྔལ་ཅུང་ཟད་མེད་པར་ཤོག།
བདུད་རི་ཏ་ཤང་རི་ལ་སྡོད་པའི་ཚེ།།

རྣམ་པར་རྒྱལ་བའི་ཁང་བཟང་ལྷ་བུར་ཤོག །

ཤིང་ཏོག་སིལ་མ་ལ་སོགས་ཟ་བའི་ཚེ། །

རོ་མཆོག་བརྒྱ་ལྡན་བདུད་རྩིར་འགྱུར་བར་ཤོག །

ཁ་སྐོམ་བཏུང་བ་ཆུ་ལ་བྱེད་པའི་ཚེ། །

རྒྱུན་ཆད་མེད་པར་འོ་མའི་ཆུ་རྒྱུན་ཤོག །

ཤིང་ལོའི་གོས་དང་ཤིང་བལ་གདན་བྱེད་ཚེ། །

པཉྩ་ལི་དང་པདྨའི་གདན་འགྱུར་ཤོག །

གཅན་གཟན་གདུག་པས་ངར་སྐད་འདོན་པའི་ཚེ། །

ཐེག་ཆེན་ཆོས་ཀྱི་སྒྲ་རུ་འགྱུར་བར་ཤོག །

གཙང་རོང་དོག་པའི་ཆུ་སྒྲ་སྒྲོག་པའི་ཚེ། །

ཡི་གེ་དྲུག་མའི་སྒྲ་རུ་འགྱུར་བར་ཤོག །

རོང་གཉིང་དོག་པོར་ཚད་པས་གདུངས་པའི་ཚེ། །

ལྷ་ཡི་བུ་མོས་བསིལ་གྲིབ་བྱེད་པར་ཤོག །

མི་མེད་འཇིགས་པའི་རི་ལ་སྡོད་པའི་ཚེ། །

སངས་རྒྱས་རྣམས་ཀྱིས་སྐྱོ་གྲོགས་མཛད་པར་ཤོག །

ལུས་ཀྱི་ན་ཚ་ཐོག་ཏུ་བྱུང་བའི་ཚེ། །

སྨན་དང་འཚོ་བྱེད་ལྷུན་གྱིས་འགྲུབ་པར་ཤོག །

མདོར་ན་ས་ཕྱོགས་གང་དུ་གནས་གྱུར་ཀྱང་། །

སྡུག་བསྔལ་མེད་ཅིང་བདེ་སྐྱིད་འཛད་མེད་ཤོག །
འགལ་རྐྱེན་ཞི་ཞིང་མཐུན་རྐྱེན་ཕུན་ཚོགས་ནས།།
རྒྱལ་བའི་སྲས་པོ་དྲི་མེད་ཀུན་ལྡན་གྱིས།།
ཐུགས་དགོངས་དཔག་བསམ་ཤིང་ལོ་རྒྱས་པར་ཤོག།
བདག་གིས་སྙིང་ནས་སྨྲས་པའི་བདེན་ཚིག་གིས།།
ཡུམ་སྲས་མྱུར་དུ་མཇལ་བའི་སྨོན་ལམ་འདེབས།།

ཞེས་སྨོན་ལམ་བཏབ་བོ། །དེ་ནས་རྒྱལ་བུ་ཡབ་ཡུམ་ལྷ་པོ་བདུད་རི་ཏ་ཤང་ལ་ཕྱིན་པའི་ཚེ། རྒྱལ་བུའི་ཤིང་རྟ་འདྲེན་པའི་རྟ་གཉིས། ཡུམ་སྲས་བཞི་པོའི་ཤིང་རྟ་འདྲེན་པའི་རྟ་གཉིས། ལམ་ཆས་འགལ་བྱེད་ཀྱི་གླང་པོ་ཆེ་གསུམ་དང་བཅས་ཏེ་ལམ་དུ་ཞུགས་སོ། །དེ་ནས་ཡུམ་དགའ་ལྡན་བཟང་མོས་ཐོག་དྲངས་བཙུན་མོ་ཁྱིད་དང་ཉིས་སྟོང་དང་། རྒྱལ་པོ་བཟང་པོ་ལ་སོགས་རྒྱལ་ཕྲན་དྲུག་ཅུ་དང་། བླ་བ་བཟང་པོ་ལ་སོགས་བློན་པོ་སུམ་སྟོང་དང་། ཁྱིམ་བདག་དཔལ་ལྡན་ལ་སོགས་འབངས་འཁོར་གཡོག་ཐམས་ཅད་ནས་མྱ་ངན་གྱི་སྨྲེ་སྔགས་འདོན་ཅིང་སྐྱེལ་མ་ཐག་རིང་པོའི་བར་དུ་བྱས་སོ། །དེ་ནས་ལ་ལུང་མང་པོ་ཞིག་བརྒལ་བའི་ཚེ་རྒྱལ་བུས་སྨྲས་པ།

བདག་གི་ཡུམ་ཆེན་ལ་སོགས་བཙུན་མོའི་ཚོགས།།
རྒྱལ་ཕྲན་བཟང་པོ་བླ་བཟང་བློན་པོའི་ཚོགས།།

དཔལ་ལྡན་ལ་སོགས་འབངས་དང་འཁོར་གཡོག་རྣམས། །
བདག་ལ་བརྩེ་བས་ལ་ལུང་མང་པོའི་བར། །
འགྲོགས་པའི་ཕྱི་ཐག་རིང་བའི་སྐྱིལ་མ་བཟང་། །
མཐུན་པར་འགྲོགས་ནས་སོ་སོར་འབྲལ་བ་འདི། །
འདུས་བྱེད་མི་རྟག་མཚན་ཉིད་ཡིན་པའི་ཕྱིར། །
བདག་ཀྱང་སེམས་ཀྱི་ཁོ་ཐག་ཆོད་པ་བྱུང་། །
ད་ནི་ཁྱེད་རྣམས་རང་གི་ཡུལ་དུ་ལོག །
རང་གི་ཡུལ་དུ་ཆོས་དང་མཐུན་པར་གྱིས། །
འཆི་བ་འོང་བས་ལུས་སྲོག་སྙིང་པར་ཐོངས། །
འདི་ཕྱིའི་བློ་གཏད་དཀོན་མཆོག་གསུམ་ལ་གྱིས། །
བྱིན་རླབས་འཇུག་པ་བླ་མ་སྤྱི་བོར་སྒོམས། །
བར་ཆད་སེལ་ཕྱིར་མཁའ་འགྲོ་ཆོས་སྐྱོང་མཆོད། །
བདག་ཀྱང་ཁམས་བཟང་ལོ་ནི་བཅུ་གཉིས་ནས། །
རང་ཡུལ་ལོག་སྟེ་མཇལ་པའི་སྨོན་ལམ་འདེབས། །
གལ་ཏེ་ཚེ་འདིར་འཕྲད་པར་མ་གྱུར་ན། །
ཕྱི་མ་དག་པའི་ཞིང་དུ་མཇལ་བར་སྨོན། །

ཞེས་གསུངས་པ་དང་། དེ་ནས་འབངས་རྣམས་ཀྱིས་ཀྱང་མྱ་ངན་གྱི་སྨྲེ་སྔགས་འདོན་ཅིང་། རྒྱལ་བུ་ལ་ཕྱག་འཚལ་ནས་ཕྱིར་ལོག་གོ །དེར་

ཡུམ་དགའ་ལྡན་བཟང་མོས་རྒྱལ་བུའི་ཕྲུག་ནས་འཆང་སྐྱེ་སྨྲས་པ།

ཨ་མའི་དྲི་མེད་ཀུན་ལྡན་དོན་འགྲུབ་དཔལ།།
ཚེ་སྔོན་ལན་ཆགས་མངའ་བས་ཕོག་པའི་སྙིང་།།
རང་སྙིང་བརྟན་ནས་འཛིགས་པའི་རི་ལ་སྐྱུགས།།
མ་ང་ཕོག་པའི་སྙིང་དང་དེ་རིང་བྲལ།།
ཚེ་འདིར་འགྲོ་བའི་ཉི་མ་ནུབ་ནས་སོང་།།
ང་ཡིས་ཚེ་འདིའི་བློ་གཏད་སུ་ལ་བྱེད།།
ཡབ་གཅིག་བདུད་བློན་ནག་པོས་ཁ་ལོ་བསྒྱུར།།
མི་འདོད་འདི་འདྲའི་ལས་རིགས་བྱེད་དུ་བཅུག།
བྱང་སེམས་ལྡན་པའི་བུ་ཁྱོད་ད་ཕྱིན་ལས།།
སྐྱོ་བའི་སྡུག་བསྔལ་སྐད་ཅིག་མ་བྱེད་པར།།
བུ་ཁྱོད་བསམ་པ་ཡིད་ལ་འཁོར་རེ་ཡོང་།།
དྲི་མེད་ཀུན་ལྡན་ཟེར་ཞིང་འབོད་སྙིང་འདོད།།
དབྱར་གསུམ་གཡུ་འབྲུག་སྔོན་མོའི་སྐད་ཅིག་ཡོང་།།
དེ་དུས་བུ་ཁྱོད་དྲན་པའི་གསལ་འདེབས་བྱེད།།
མ་ངས་བུ་ཁྱོད་ཟེར་ཞིང་ལན་གསུམ་འབོད།།
དྲི་མེད་ཀུན་ལྡན་ཟེར་ཞིང་ལན་གསུམ་འབོད།།
བུ་ཁྱོད་ཨ་མ་ཟེར་ཞིང་ལན་གསུམ་ཐོས།།

དགའ་ལྡན་བཟང་མོ་ཟེར་ཞིང་ལན་གསུམ་བོས། །
དགུན་གསུམ་སྐྱི་སེར་རླུང་གི་སྐད་ཅིག་ཡོང་། །
དེ་དུས་བུ་ཁྱོད་དྲན་པའི་གསལ་འདེབས་བྱེད། །
མ་ངས་བུ་ཁྱོད་ཟེར་ཞིང་ལན་གསུམ་འབོད། །
དྲི་མེད་ཀུན་ལྡན་ཟེར་ཞིང་ལན་གསུམ་འབོད། །
བུ་ཁྱོད་ཨ་མ་ཟེར་ཞིང་ལན་གསུམ་བོས། །
དགའ་ལྡན་བཟང་མོ་ཟེར་ཞིང་ལན་གསུམ་བོས། །
དཔྱིད་གསུམ་ཁུ་བྱུག་སྔོན་མོའི་སྐད་ཅིག་ཡོང་། །
དེ་དུས་བུ་ཁྱོད་དྲན་པའི་གསལ་འདེབས་བྱེད། །
མ་ངས་བུ་ཁྱོད་ཟེར་ཞིང་ལན་གསུམ་འབོད། །
དྲི་མེད་ཀུན་ལྡན་ཟེར་ཞིང་ལན་གསུམ་འབོད། །
བུ་ཁྱོད་ཨ་མ་ཟེར་ཞིང་ལན་གསུམ་བོས། །
དགའ་ལྡན་བཟང་མོ་ཟེར་ཞིང་ལན་གསུམ་བོས། །
མ་ང་ཐུགས་རྗེས་རྒྱུན་དུ་གཟུང་དུ་གསོལ། །
བུ་དང་ཚེ་འདིར་འཕྲད་པ་ཡོང་ལས་ཆེ། །
གལ་ཏེ་ཚེ་འདིར་འཕྲད་པ་མ་བྱུང་ན། །
ཕྱི་མ་བྱང་ཆུབ་ལམ་ནས་མཇལ་བར་སྨོན། །
ཞེས་གསུངས་ནས། སྤྱན་ཆབ་མང་པོ་འདོན་བཞིན་ཕྱིར་ལོག་གོ།

དེ་ནས་རྒྱལ་བུ་ཡབ་ཡུམ་ལྔ་པོ་ལམ་འགག་གཅིག་ཏུ་ཕེབས་ཏེ། ཕྱི་མིག་ཅིག་གཟིགས་པས་སྐྱིལ་མི་རྣམས་ཐག་རིང་པོར་སླེབས་པ་མཐོང་ངོ་།།

དེ་ནས་ཡང་རྒྱལ་བུ་ཡབ་ཡུམ་རྣམས་ཕྱིན་པའི་ལམ་འགག་གཅིག་ཏུ་དབུལ་པོ་མི་གསུམ་བྱུང་ནས་སྦྱིན་པ་ཞུ་ཟེར་བ་ལ་རྒྱལ་བུ་ཤིན་ཏུ་དགྱེས་ཏེ་སྨྲས་པ།

གླང་པོ་རིན་ཆེན་འགྲོ་བར་བཟང་བ་དང་།།
འཁོར་ཚད་དཔག་མེད་རིན་ཆེན་གླིང་གི་ནོར།།
བདག་ལ་ཤིན་ཏུ་དགོས་མཁོ་འདུག་ན་ཡང་།།
བྲམ་ཟེ་ཁྱེད་རྣམས་ཐུགས་དགོངས་རྫོགས་ཕྱིར་དུ།།
བདག་གིས་ཁྱེད་ལ་སྦྱིན་པ་བྱིན་ཡོད་ཨང་།།

ཞེས་གསུངས་ནས་གླང་པོ་ཆེ་རྣམས་གནང་ངོ་། །དེ་ནས་ཡང་ཕྱིན་པས། དཔག་ཚད་གཅིག་གི་སར་ཕེབས་པ་དང་། ཀ་ལིང་སྐྱིད་མདའ་བྱ་བ་གཅིག་ཏུ་དབུལ་པོ་མི་ལྔ་བྱུང་ནས་བདག་རྣམས་ལ་རྟ་རྣམས་གནང་འཚལ་ཞུ། ཞེས་ཟེར་བ་ལ། ཤིན་ཏུ་ལེགས་སོ་གསུངས་ནས་འདི་སྐད་ཅེས་གསུངས་སོ།།

རྟ་མཆོག་རིན་ཆེན་རླུང་གི་ཤུགས་ལྟར་མགྱོགས།།
ཤིང་རྟ་ཡིད་འོང་མེ་ཏོག་ཕྲེང་བས་མཛེས།།
ལྷག་བསམ་རྣམ་པར་དག་པས་སྦྱིན་པ་ཡིས།།

རྫུ་འཕྲུལ་སྟོབས་ཀྱི་ཤུགས་དང་ལྡན་པར་ཤོག །

ཅེས་གསུངས་ནས་གནང་ངོ་། །དེ་ནས་རྒྱལ་བུ་རང་གིས་ལམ་སྣ་དྲངས། སྲས་ལྕམ་སྲིང་གསུམ་པར་དུ་བཅུག མཎྜེ་བཟང་མོས་ལམ་རྒྱགས་དུམ་གཅིག་ཁུར་ནས་མཇུག་ཏུ་ཕྱིན་ནས། ལམ་ཁ་ཞིག་ན་ནེའུ་གསིང་སྔོ་ཞིང་མེ་ཏོག་རྒྱས་པ། རི་མཐོ་ཞིང་ས་གཙང་བ། ཆུ་དྭངས་ཤིང་ཡིད་དུ་འོང་བ་རི་དྭགས་དང་བྱ་མང་པོ་རྩེ་བའི་གནས་ཤིག་འདུག་པ་དེར། ཤིང་ཏ་ལའི་བསིལ་གྲིབ་ལ་ཡབ་ཡུམ་ལྔ་པོ་སྐུ་སྙེས་མཛད། དེའི་ཚེ་མཎྜེ་བཟང་མོས་ཆུ་འདུག་པ་དེའི་རྗེས་ཕྱིན་ཏེ། ཆུ་ཧུབ་གཅིག་འཐུངས་པས་མིག་གིས་ཕར་ཚུར་ཧྲིག་ཧྲིག་བལྟས་ཀྱང་མི་མེད་ཅིང་རི་དྭགས་རྩེ་བ་མཐོང་བས་བཟང་མོ་སེམས་སྐྱོ་བར་གྱུར་ནས་འདི་སྐད་དོ།།

ཀྱེ་མ་ཕྱོགས་མཚམས་གང་དུ་བལྟས་གྱུར་ཀྱང་།།
ཡིད་མཐུན་མི་དང་འཕྲད་པ་མི་འདུག་ཅིང་།།
རི་དྭགས་རྩེ་བར་བལྟས་ནས་སེམས་པ་སྐྱོ།།
ཁ་སྐོམ་ཆུ་ལ་བྱེད་པའི་དུས་འདི་འདྲ། །
བསགས་པའི་ནོར་ལ་སྙིང་པོ་མི་འདུག་གོ །
འདི་འདྲ་ཡོང་སྙམ་བདག་གི་སེམས་ལ་མེད།།
བྱུང་བ་ཚེ་སྔོན་ལས་ངན་ཡིན་པ་འདྲ།།

ཞེས་ཟེར་བ་དང་། རྒྱལ་བུའི་ཐུགས་དགོངས་ལ་བཟང་མོ་འདི་མི་

མེད་ལུང་བ་སྟོང་བ་འདིར་སྐྱོ་བ་ཡིན་པ་འདུག ད་དུང་ལམ་ཀྱི་དཀའ་ལས་དང་གཅན་གཟན་གྱི་འཇིགས་པ་ཆེན་པོ་ཡོད་པས་འདི་ནས་ཕྱིར་ལོག་དགོས་དགོངས་ནས་སྨྲས་པ།

མཛེས་བཟང་མོ་བདག་ལ་ཚུར་ཉོན་དང་།།

ད་དུང་ཐག་རིང་ལམ་ལ་འགྲོ་དགོས་ཤིང་།།

ལ་ལུང་ལ་སོགས་སྡུག་བསྔལ་དཔག་མེད་ཡོད།།

གཅན་གཟན་ལ་སོགས་འཇིགས་པའི་ཚོགས་རྣམས་མང་།།

ཁྱེད་ཀྱིས་དེ་ཙ་ཚུགས་པའི་ས་མེད་པས།།

དེ་བས་ད་ལྟ་ལོག་ན་མི་ལེགས་སམ།།

ཞེས་གསུངས་པ་དང་། བཟང་མོས་ཕྱག་ཕུལ་ནས་ཞུས་པ།

རྒྱལ་བུ་ཆེན་པོ་བདག་ལ་ཚུར་གསོན་དང་།།

བདག་གིས་ད་ལན་ཁ་དལ་སྨྲས་པ་ཡིན།།

ཁྱེད་མེད་བདག་གིས་བློ་གཏད་སུ་ལ་བྱེད།།

རྒྱལ་བུ་ཁྱེད་དང་འབྲལ་བ་ག་ལ་ཕོད།།

ཐེ་ཚོམ་མེད་དོ་གར་གཤེགས་ཕྱག་ཕྱིར་ཁྲིད།།

ཅེས་ཟེར་ནས་ཡང་བྱོན་པས། ནེའུ་གསིང་སྔོན་པོ་ཞིག་ཏུ་སྐུ་སྙེས་མཛད་པས། དེར་བཟང་མོ་ཐུགས་ལྷག་པར་སྐྱོ་ནས། རྒྱལ་བུས་མི་གསན་ཙམ་བྱས་ནས་སྨྲས་པ།

ནེའུ་གསིང་གོས་ཀྱི་ཁ་དོག་བསྒྱུར་བའི་གནས།།

མི་མེད་སྤྲང་བུ་སྨུ་གར་རྩེ་བའི་ས།།

བྱི་སྐད་མི་གཅིག་སྣ་ཚོགས་སྒྲོག་པ་འདི།།

གང་ནས་བལྟས་ཀྱང་སྐྱོ་བ་སྐྱེ་བའི་རྒྱུ།།

ཡབ་ཡུམ་སྲས་བཅས་མཐའ་རུ་སྐྱུགས་པའི་ཚེ།།

རྗེ་ཏའི་ཡུལ་ཕྱོགས་ཆབ་སྲིད་བརྟན་གྱུར་ཏམ།།

ཞེས་སྨྲས་ནས་ཡང་བྱོན་པས། རི་མཐོ་ལ་ས་གཙང་བ་ཤིང་ཧོག་མང་ལ་རི་དྭགས་རྩེ་བའི་གནས་ཡིད་དུ་འོང་བ་ཞིག་འདུག་པ་ལ། བཟང་མོས་སྨྲས་པ།

རྒྱལ་བུ་ཆེན་པོ་བདག་ལ་ཚུར་གསོན་དང་།།

གནས་ཀྱང་ཡིད་འོང་མེ་ཏོག་སྣ་ཚོགས་བཀྲ།།

འབབ་ཆུ་བཟང་ཞིང་ཁུ་བྱུག་སྐད་སྙན་སྒྲོག།

ཤིང་ཏོག་མང་ཞིང་རི་དྭགས་སྨུ་གར་རྩེ།།

གནས་འདིར་བཞུགས་པར་མཛད་ན་མི་ཡོང་ངམ།།

ཞེས་ཞུས་པ་དང་། རྒྱལ་བུས་སྨྲས་པ།

ཡབ་ཀྱི་བཀའ་བཅག་བདག་ལ་ཉེས་པ་ཡོང་།།

འདི་རུ་མི་སྡོད་ཧ་ཤང་རི་ལ་འགྲོ།།

ཞེས་གསུངས་ནས། ཡང་བྱོན་པས་སྲས་གསུམ་ལམ་དུ་རྐང་བ་

བསྐྲངས་ནས་ལུས་པ་དང་། དེའི་ཚེ་རྒྱལ་བུས་སྨོན་ལམ་བཏབ་པ།

བླ་མ་ཡི་དམ་མཁའ་འགྲོ་ཐུགས་རྗེ་ཅན།།
གཞི་བདག་ཡུལ་ལྷ་ནུས་མཐུ་ལྡན་པ་རྣམས།།
བདག་གི་སྨོན་ལམ་འགྲུབ་པའི་གྲོགས་མཛོད་ཅིག།
མགྱོགས་པར་ཕྱིན་པས་མྱུར་དུ་འགྲོ་བའི་གནས།།
བདག་གཉིས་རྐང་བས་འགྲོ་བར་ནུས་ན་ཡང་།།
ན་སོ་གཞོན་པའི་མིང་སྲིང་འདི་རྣམས་ཀྱིས།།
འགྲོ་བས་མི་སླེབ་བདུད་རི་ཉེ་ན་ཟུང་།།

ཞེས་གསུངས་པ་དང་། རི་དེ་ཡང་དཔག་ཚད་ལྔའི་བར་ཉེ་བར་གྱུར་ཏེ། ཡང་ཕྱིན་པས་རླུང་ལྡན་གཡོ་བའི་ཚལ་ཞེས་བྱ་བར་ཕེབས་སོ། །དེ་ནས་པདྨའི་ཚལ་དགའ་བའི་འཛུམ་དང་བཅས་འདུག་པ་ལ། མཛེ་བཟང་མོས་པདྨའི་སྡོང་པོ་དེ་ལ་སྨྲས་པ།

ཆུ་སྐྱེས་སྡོང་པོ་ཆུ་ཡི་སྒྲིས་བྲལ་ཞིང་།།
དགའ་བའི་འཛུམ་ལྡན་པདྨའི་ཟེའུ་འབྲུས་བརྒྱན།།
ལག་པའི་ཟེའུ་འབྲུས་སྤྱི་བོར་ཐལ་མོ་སྦྱོར།།
གུས་པས་འདངས་ཏེ་གཡོ་ཞིང་གར་བྱེད་དོ།།

ཞེས་སྨྲས་སོ། །དེ་ནས་ཡང་ཕྱིན་པས་ཟངས་གླིང་དཔལ་གྱི་འོད་ཅེས་བྱ་བར་ཕེབས་སོ། །དེར་ཡང་བྲམ་ཟེ་དབུལ་པོ་མི་གསུམ་བྱུང་ནས་

རྒྱལ་པོ་ལ་ཕྱག་འཚལ་ནས་སྦྱིན་པ་ཞུ་ཟེར་བ་ལ། དེ་ནས་རྒྱལ་བུས་བྲམ་ཟེ་ལ་སྨྲས་པ། ཁྱེད་རྣམས་ཕྱོན་པ་དགའ་སྟེ་བདག་ལ་སྟེར་རྒྱུ་མེད་པས་ཅི་སྟེར་གསུངས་པ་དང་། ཁོང་རྣམས་ན་རེ། བདག་རྣམས་ལ་སྲས་ལྷམ་སྲིང་གསུམ་པོ་ཞུ་བྱས་པས། དེར་རྒྱལ་བུའི་ཞལ་ནས་བུ་ཚ་མིང་སྲིང་གསུམ་པོ་ཆུང་བས་གཡོག་ནི་མི་ཡོང་། མ་དང་བྲལ་ན་སྙིང་རྗེའམ་གསུངས་པས། སྙིང་རྗེ་བས་གསོད་པ་ཉི་མ་ཡིན། གང་ཡོང་གི་གཡོག་རེ་འཚོལ་བ་ཡིན་ཟེར། དེ་ནས་རྒྱལ་བུའི་དགོངས་པ་ལ་བདག་གིས་ཅི་འདོད་སྟེར་བའི་དམ་བཅའ་བྱས་ཡོད་པས་སྟེར་དགོས་དགོངས་ཏེ། མཛེ་བཟང་མོས་བློས་མི་ཐོངས་པའི་ཉེན་ཡོད་བསམས་ནས་བཟང་མོ་ཁྱོད་ཀྱིས་ཤིང་ཏོག་བཙལ་ཏེ་མགྲོན་པོ་མི་གསུམ་ལ་དྲོངས་ཤིག་གསུངས་པས། དེ་ནས་བཟང་མོ་ཤིང་ཏོག་འཚོལ་དུ་ཕྱིན་པས་དགེ་བའི་ལྷས་སྦྱིན་པ་ལ་བར་ཆད་མི་འབྱུང་བར་བྱ་བའི་ཕྱིར་ཤིང་ཏོག་དེ་ཡང་ལམ་ཉེ་སར་མེད་པར་ཐག་རིང་པོ་ཞིག་ཏུ་འགྲོ་དགོས་པ་བྱུང་ངོ་། །དེའི་ཤུལ་དུ་རྒྱལ་བུས་ལྷམ་སྲིང་གསུམ་གྱི་ལག་པ་ནས་བཟུང་སྟེ་སྨྲས་པ།

ལེགས་ལྡན་ལེགས་དཔལ་ལེགས་མཛེས་མ་དང་གསུམ།།
ཡུན་རིང་འགྲོགས་པའི་མཐའ་མ་དེ་རིང་ཡིན།།
མཐུན་པར་འགྲོགས་ནས་སོ་སོར་འབྲལ་བ་འདི།།
འདུས་བྱས་མི་རྟག་མཚན་ཉིད་འདི་རང་ཡིན།།

བདག་གིས་ཁྱོད་ལ་སྙིང་དག་རིང་བ་མིན།།
འགྲོ་བ་རིགས་དྲུག་སེམས་ཅན་ཐམས་ཅད་ཀྱང་།།
འདུས་ནས་འབྲལ་བར་འདུག་གོ་ལྷམ་སྲིང་གསུམ།།
ཡབ་ལ་མ་འཕྲིང་ཡུམ་ལ་མ་སེམས་པར།།
བྲམ་ཟེ་ཐུགས་དགོངས་རྫོགས་ཕྱིར་སོངས་ཤིག་ཨང་།།

ཞེས་གསུངས་ནས། སྲས་ལྷམ་སྲིང་གསུམ་པོ་བྲམ་ཟེ་ལ་བཏང་ངོ་། །དེ་ནས་བྲམ་ཟེས་སྲས་ལྷམ་སྲིང་གསུམ་གྱི་ཕྱག་ནས་བཟུང་སྟེ་ཁྲིད་པ་དང་། ལེགས་ལྡན་གྱིས་སྨྲས་པ། བདག་ཅག་ལྷམ་སྲིང་གསུམ་པོ་ཡབ་ལ་ཕྱི་ཕྱག་རེ་བྱེད་དུ་ཆུགས་ཟེར་ནས་སྨྲས་པ།

ཡབ་ཆེན་རྒྱལ་པོ་དོན་ཆེན་བསྒྲུབ་པའི་ཕྱིར།།
བདག་ཅག་ལྷམ་སྲིང་སྟེར་བར་དམ་བཅའ་བཞེས།།
ཡབ་ཀྱི་བཀའ་བཞིན་བདག་ཀྱང་འགྲོ་བར་ཞུ།།
དྲིན་གྱིས་སྐྱོང་ཞིང་སྙིང་ནས་བརྩེ་བའི་མ།།
དེ་དང་མ་འཕྲད་བདག་ཡིད་སྐྱོ་བ་འདུག།
སྐྱོ་ཡང་མ་ཕན་ཡབ་ཡུམ་བདེ་བར་བཞུགས།།
ཞེས་སྨྲས་ནས་ངུས་སོ། །ལེགས་དཔལ་གྱིས་སྨྲས་པ།
ཡབ་ཀྱིས་ཅི་འདོད་སྟེར་བའི་དམ་བཅའ་མཛད།།
མི་འགྲོ་ཞུས་ན་ཡབ་ཀྱི་དམ་བཅའ་འགལ། །

ཐུགས་དགོངས་རྫོགས་ཕྱིར་བདག་ཀྱང་འགྲོ་བར་ཞུ། །
འགྲོ་ཁར་མ་དང་མ་འཕྲད་བདག་ཡིད་སྐྱོ། །
ཚེ་འདིར་ཡབ་ཡུམ་གཉིས་དང་མཇལ་སྲིད་དམ། །
གལ་ཏེ་ཚེ་འདིར་འཕྲད་པར་མ་གྱུར་ན། །
ཕྱི་མ་བྱང་ཆུབ་ལམ་དུ་མཇལ་བར་སྨོན། །

ཞེས་སྨྲས་ནས་དུས་སོ། །ཡང་ལེགས་མཛེས་མས་སྨྲས་པ།

ལེགས་མཛེས་ཟེར་བའི་ན་ཆུང་རྒྱ་བྱ་ང་། །
ཡབ་ཡུམ་ལྷོན་པའི་དབང་པོ་གཉིས་སྤངས་ནས། །
རིགས་ངན་བྲམ་ཟེའི་གཡོག་ལ་འགྲོ་དགོས་བྱུང་། །
ཡབ་ཀྱི་བཀའ་བཞིན་བདག་ཀྱང་འགྲོ་ལགས་ཏེ། །
བརྩེ་བས་སྐྱོང་ཞིང་ནུ་ཞོ་སྟེར་བའི་མ། །
དེ་དང་མ་འཕྲད་བདག་ཡིད་སྐྱོ་བར་འདུག །
ཚེ་འདིར་མ་འཕྲད་ཕྱི་མར་མཇལ་བར་སྨོན། །

ཞེས་སྨྲས་ནས་དུས་སོ། །ཡབ་ཀྱང་སྤྱན་ཆབ་འདོན་བཞིན་གསུངས་པ།

ལྷམ་སྲིང་གསུམ་པོ་བདག་གི་ཁོག་པའི་སྙིང་། །
སྙིང་དང་བྲལ་བའི་སྡུག་བསྔལ་ཡོད་ལགས་ཀྱང་། །
ད་རེས་སྦྱིན་པ་ཆོས་ཀྱི་ལམ་ཡིན་པས། །

སྙིང་རུས་བསྐྱེད་ལ་མཆི་མ་མ་འདོན་ཅིག །
བླ་མ་ལྷ་དང་དཀོན་མཆོག་ཐུགས་རྗེ་ཅན། །
ལྕམ་སྲིང་འདི་གསུམ་ལམ་དུ་ཞུགས་པའི་ཚེ། །
སློ་བུར་ནད་ཀྱི་བར་ཆད་མི་འབྱུང་ཞིང་། །
བདག་གིས་སྙིང་ནས་སྨྲས་པའི་བདེན་ཚིག་གིས། །
ཡབ་ཡུམ་སྲས་བཅས་མྱུར་དུ་མཇལ་བར་སྨོན། །

ཞེས་གསུངས་སོ། །དེ་ནས་ལྕམ་སྲིང་གསུམ་པོ་བྲམ་ཟེ་རྣམས་ཀྱིས་ཁྲིད་དོ། །དེ་ནས་ལམ་ཐག་རིང་པོ་ཞིག་ནས་སྲས་གསུམ་པོ་ཁ་བྲལ་ནས་རང་རང་གི་གནས་སུ་ཁྲིད་ནས་སོང་ངོ་། །དེ་ནས་མཛེ་བཟང་མོས་ཞིང་ཏོག་བཏུས་ནས་ལོག་འོངས་པ་དང་། རྒྱལ་བུའི་མདུན་དུ་སྲས་ལྕམ་སྲིང་གསུམ་དང་བྲམ་ཟེ་རྣམས་མི་འདུག་པས། དེར་བཟང་མོའི་བསམ་པ་ལ་བདག་གི་མིང་སྲིང་གསུམ་པོ་བྲམ་ཟེ་ལ་སྦྱིན་ཟིན་སྙམ་ནས་ལུས་ས་ལ་བརྡབས་ནས་མྱ་ངན་གྱི་སྐད་འདི་ལྟ་བུ་བཏོན་ཏོ། །

ཉེ་མ་ལྟ་བུའི་རབ་མཛེས་མིང་སྲིང་གསུམ། །
སློ་བུར་བྲམ་ཟེའི་སྲིན་ཚོགས་འདུས་པ་ལས། །
བདག་གི་ལོ་ཏོག་མྱ་ངན་སེར་བས་བཅོམ། །
བླ་མ་ཡི་དམ་མཁའ་འགྲོ་མཐུ་རྩལ་ཅན། །
གཞི་བདག་ཡུལ་ལྷ་ནུས་མཐུ་ལྡན་པ་རྣམས། །

སྐད་ཅིག་ཙམ་ལ་མི་རྟག་འདི་འདྲ་བྱུང་།།
འདི་འདྲའི་ཐོག་ཏུ་གཏོང་བ་ཅི་ཡིན་པ།།
ཁོག་པའི་སྙིང་གི་མིང་སྲིད་གསུམ་པོ་དང་། །
མ་ཤི་གསོན་བྲལ་བྱེད་པའི་དུས་བྱུང་ངོ་།།
བདག་ཅག་མ་བུ་རྣམས་ཀྱི་སྡུག་བསྔལ་འདི།།
ངན་པ་བྲམ་ཟེ་ཁྱོད་ཀྱིས་མ་ལན་ནམ།།

ཞེས་སྨྲས་ནས་མྱ་ངན་གྱིས་བརྒྱལ་བར་གྱུར་ཏོ། །དེར་རྒྱལ་བུའི་ཐུགས་ལ་བཟང་མོ་འདི་སྙིང་རྗེ་དགོངས་ནས་བྲང་ལ་ཆུ་གཏོར་བས་བརྒྱལ་བ་སངས་པ་དང་། རྒྱལ་བུས་སྨྲས་པ།

བཟང་མོ་ཁྱོད་ནི་བདག་ལ་ཚུར་ཉོན་དང་།།
རང་ཉིད་སྔོན་དུས་འཆད་དོན་མི་དྲན་ནམ།།
སྙེ་ཏའི་ཡུལ་ནས་བདུད་རིར་ཞུགས་པའི་ཚེ།།
ང་ཡིས་ཁྱོད་ལ་འདི་ལྟར་མ་བཤད་དམ།།
ང་ནི་སྦྱིན་པ་གཏོང་ལ་དགའ་བ་སྟེ།།
འདོད་མི་བྱུང་ན་བུ་དང་ཆུང་མ་དང་།།
རང་གི་སྲོག་ཀྱང་སྟེར་ཞེས་མ་བཤད་དམ།།
ཁྱོད་ཀྱིས་སྦྱིན་པའི་བར་ཆད་མི་བྱེད་ཅིང་།།
ཚོགས་གཉིས་བྱང་ཆུབ་སྒྲུབ་པའི་གྲོགས་བྱེད་ཟེར།།

དམ་བཅའ་དེ་ལྟར་བྱས་ནས་ཡོང་མོད་ཀྱང་།།

ད་ལྟ་ཁྱོད་ཀྱིས་མྱ་ངན་འདི་ལྟར་བྱེད།།

བདག་ནི་ལ་ལུང་མང་པོ་འདས་དུས་འདིར།།

བརྩེ་བའི་གྲོགས་ནི་ཁྱོད་ལས་མེད་པ་ལ།།

ཁྱོད་ཀྱིས་མྱ་ངན་བྱེད་པས་བདག་ཡིད་དཀྲུགས།།

ཞེས་གསུངས་ནས་རྒྱལ་བུ་ཉིད་ཀྱང་སྤྱན་ཆབ་མང་པོ་ཤོར་རོ། །དེ་
ནས་མཛེ་བཟང་མོས་རྒྱལ་བུའི་སྤྱན་ཆབ་ཕྱིས་ནས་ཞུས་པ།

རྒྱལ་པོ་ཆེན་པོ་བདག་ལ་དགོངས་མཛོད་དང་།།

ཙམ་སྲིད་འགྲོ་ཁར་བདག་ཀྱང་མ་འཕྲད་པས།།

བརྩེ་བའི་སེམས་ཀྱིས་མཆི་མ་འདོན་པ་ཡིན།།

རྒྱལ་བུའི་ཐུགས་ཡིད་དཀྲུག་ཕྱིར་དུས་པ་མིན། །

སྙིང་དང་འདྲ་བའི་རབ་མཛེས་མིང་སྲིད་གསུམ།།

ད་ཙམ་བྲམ་ཟེས་སོ་སོར་ཕྲལ་ནས་ཡོད།།

སྙིང་དང་འདྲ་བའི་མིང་སྲིད་གསུམ་པོ་ཡང་།།

ལྟ་བ་མིག་གི་གདོང་ལ་ཁོལ་ཁོལ་བྱེད།།

བསམ་ཞིང་བལྟས་ན་རང་སེམས་སྐྱོ་ལགས་ཏེ།།

རྒྱལ་བུའི་གསུང་ལས་ནམ་ཡང་མི་འགལ་ཞིང་།།

ཐུགས་དགོངས་རྫོགས་ཕྱིར་ཁྱོད་ཀྱིས་གང་གསུང་བསྒྲུབ།།

ད་ཡང་འགྲོའོ་བདག་གིས་ཕྱག་ཕྱིར་བྱེད།།

ཅེས་ཞུས་ནས་ཡང་ཐོན་པས། ནགས་མཐུག་ཅིང་ཤིང་ཏོག་མང་བ་གཅིག་ཏུ་སླེབས་སོ། །དེར་བཟང་མོས་ཤིང་ཏོག་ཕབ་ནས་རྒྱལ་བུ་ལ་དྲངས་པས། རྒྱལ་བུས་ཤིང་ཏོག་དེ་ནས་དུམ་གཅིག་གསོལ་བས་རོ་མཆོག་ལྡན་ཞིང་བདེ་བ་བྱུང་བས། རྒྱལ་བུས་ཤིང་ཏོག་ཕྱག་ཏུ་བཞེས་ནས་སྨྲས་པ།

རོ་མཆོག་བརྒྱད་ལྡན་ཨ་མྲའི་འབྲས་བུ་འདི།།
ཞིམ་མངར་ལྡན་ཞིང་ཟས་ཀྱི་མཆོག་གྱུར་པ།།
མིང་སྲིང་གསུམ་དང་འཕྲད་ན་སྟེར་ལགས་ཏེ།།
ལྷམ་སྲིང་མེད་པས་བདག་ཡིད་སྐྱོ་བ་འདུག།

ཅེས་གསུངས་པས་བཟང་མོ་ཡང་མཆི་མ་མང་དུ་ཤོར་རོ། །ཡང་རྒྱལ་བུས་སྨྲས་པ།

ཨ་ཀྱང་དལ་བའི་ཁ་ནས་ཅི་ཡང་འདོན།།
མ་བསམ་ཡིད་ལ་གང་ཡང་འཆར་བ་འདུག།
བསམ་ཞིང་བལྟས་ན་རང་ཉིད་མ་འཕྲུལ་ལམ།།
ཨ་མྲའི་འབྲས་བུ་བཟང་མོ་ཁྱོད་རང་གསོལ།།

ཞེས་གསུངས་ནས་ཐོན་པས་ལམ་ཁ་ཞིག་ན་ཆུ་བོ་ཆེན་པོ་བགྲོད་དཀའ་བ། ཞིང་ཆེ་ཞིང་གཏིང་ཟབ་པ་ཞིག་གི་ཁར་སླེབས་པས་རྒྱལ་བུས་

སྨོན་ལམ་བཏབ་བོ།།

བླ་མ་ཡི་དམ་མཁའ་འགྲོ་ཐུགས་རྗེ་ཅན།།
གཞི་བདག་ཡུལ་ལྷ་ནུས་མཐུ་ལྡན་པ་རྣམས།།
བདེན་པ་ཉིད་ཀྱི་དཔང་དུ་བཞུགས་ནས་ཀྱང་།།
ཆུ་བོ་འདི་ལ་ལམ་ཞིག་བསྟན་དུ་གསོལ།།
གལ་ཏེ་བདག་གཉིས་ཆུ་བོ་ཆེ་འདི་ལས།།
མ་ཐར་ལུས་ན་ཡབ་ཀྱི་བཀའ་དང་འགལ།།
ཕྱི་མ་བྱང་ཆུབ་འཐོབ་པ་ག་ལ་འགྱུར།།
ཆུ་བོ་ཆེན་པོར་ལམ་ཞིག་བསྟན་དུ་གསོལ།།

ཞེས་གསུངས་ནས། ཆུ་བོ་དེ་ཡང་ཡར་ལ་འཁྱིལ་མར་ལ་ཆད། བར་དུ་ལམ་བྱུང་བ་ལ་བྱོན་ནོ། །དེར་རྒྱལ་བུའི་ཐུགས་དགོངས་ལ་ཆུ་འདི་ཡར་ལ་འཁྱིལ་མར་ལ་ཆད་ན་སེམས་ཅན་སྲོག་ཆགས་མང་པོ་ལ་གནོད་པར་མཁྱེན་ནས། ད་ཆུ་ཁྱོད་སྔར་བཞིན་འབབ་པར་གྱུར་ཅིག་ཅེས་གསུངས་པས་ཆུ་དེ་སྔར་བཞིན་བབས་སོ། །དེ་ནས་ཡང་བྱོན་པས་རླུང་ལྡན་གཡོ་བའི་འཕྲང་ཞེས་བྱ་བར་ཕེབས་པ་དང་། ལྷའི་དབང་པོ་བརྒྱ་བྱིན་དང་ཚངས་པ་གཉིས་ཀྱིས་བྲམ་ཟེ་གཉིས་སུ་སྤྲུལ་ནས། རྒྱལ་བུ་དྲི་མེད་ཀུན་ལྡན་གྱི་སྦྱིན་པ་དེ་རྣམས་ཀུན་རྫོབ་ཀྱི་སྦྱིན་པ་ཡིན་ནམ་དོན་དམ་གྱི་སྦྱིན་པ་ཡིན་བལྟ་དགོས་དགོངས་ནས། རྒྱལ་བུའི་དྲུང་དུ་ཕྱིན་ནས་སྦྱིན་པ་

ཞུ་ཟེར་བ་དང་། གནས་འདིར་སུ་ཡང་མི་སླེབས་པས་མི་མ་ཡིན་གྱི་ཚོ་འཕྲུལ་ཡིན་ནམ་དགོངས་ཏེ། ཁྱེད་གཉིས་གང་ནས་ཡིན་བདག་ལ་སྨྲེར་རྒྱུ་མེད་གསུངས་པས། བྲམ་ཟེ་གཉིས་ན་རེ། བདག་ཅག་གཉིས་ཡུལ་ཕ་བ་བྱ་བ་ནས་ཡིན། གཉེན་དང་འཁོར་གཡོག་མེད་པས་སྡུག་བསྔལ་བའི་བདག་གཉིས་ལ་ཁྱེད་ཀྱི་བཙུན་མོ་དེ་ཞུ་བྱས་པས། རྒྱལ་བུའི་དགོངས་པ་ལ་ད་མཛེས་བཟང་མོ་མ་བྱིན་ན་སྔར་སྦྱིན་པ་བྱིན་པ་ལ་དོན་མེད། བྱིན་ན་ནི་ས་ཐག་རིང་པོ་འདིར་ང་ལ་ཚགས་ནས་ཡོང་། ད་ང་དང་འབྲལ་དགོས་ཀྱི་སྡུག་བསྔལ་འབྱུང་དགོས་པ་སྙིང་རྗེ་སྨྲེ། ད་སྨྲེར་བ་ལས་འོས་མེད་དགོངས་ནས་མཛེས་བཟང་མོ་ལ་སྨྲས་པ།

ང་ཡི་ཡིད་འོང་མཛེས་བཟང་མོ་ཁྱོད།།
ཚེ་སྔོན་བསོད་ནམས་བསགས་པས་མི་ལུས་ཐོབ།།
ཆོས་ཀྱི་ཕྱིར་དུ་ལུས་སྲོག་གཏོང་དགོས་པས།།
ཆོས་ཀྱི་སྙིང་པོ་ལོངས་སྤྱོད་སྦྱིན་པ་ཡིན།།
ཡུན་རིང་འགྲོགས་ནས་སེམས་ཀྱིས་མི་ཕོད་ཀྱང་།།
ད་ལན་བཟང་མོ་ཁྱོད་ནི་མ་བྱིན་ན།།
ང་ཡི་སྦྱིན་པའི་མཐའ་ཡང་མི་རྫོགས་ཤིང་།།
ཁྱོད་ཀྱང་ཕྱི་མའི་བདེ་བ་མི་འཐོབ་པས།།
བྲམ་ཟེའི་ཐུགས་དགོངས་རྫོགས་ཕྱིར་ཁྱོད་སོང་ལ།།

ང་དང་ཁྱོད་མེད་བྲམ་ཟེའི་ཐུགས་དང་བསྟུན། །

སྙིང་གི་དཀྱིལ་དུ་ཚོངས་ཤིག་ཡིད་འོང་མ། །

ཞེས་གསུངས་ནས་བྲམ་ཟེ་ལ་གཏད་དོ། །དེར་བཟང་མོ་ན་རེ། ང་བྲམ་ཟེ་ལ་གནང་ན་རྒྱལ་བུ་ལ་གཡོག་གསོལ་བ་འདྲེན་མི་མེད་པས་མི་གནང་བར་ཞུ་བྱས་པས། རྒྱལ་བུས་སྨྲས་པ།

བཟང་མོ་དེ་སྐད་མ་ཟེར་བདག་ལ་ཉོན། །

ང་ཡིས་ཅི་འདོད་སྟེར་བའི་དམ་བཅའ་བྱས། །

ང་ཡི་སྦྱིན་པའི་བར་ཆད་མི་བྱེད་པར། །

ཚོགས་གཉིས་བྱང་ཆུབ་བསྒྲུབ་པའི་གྲོགས་བྱེད་ཅིང་། །

བདག་ཀུང་མ་བསམ་བྲམ་ཟེའི་གཡོག་ལ་སོང་། །

ང་ཡི་ཞབས་ཏོག་དེ་ཡིས་འགྲུབ་པ་ཡིན། །

ཞེས་གསུངས་པ་དང་། བཟང་མོས་སྤྱན་ཆབ་འདོན་བཞིན་འགྲོ་བ་ཞལ་གྱིས་བཞེས་སོ། །དེ་ནས་རྒྱལ་བུས་བྲམ་ཟེ་ལ་སྨྲས་པ།

བྲམ་ཟེ་ཁྱོད་གཉིས་བདག་ལ་ཚུར་ཉོན་དང་། །

ཚེ་རབས་ཀུན་གྱི་གཏན་གྲོགས་བཟང་མོ་འདི། །

རིགས་དང་ལུས་ནི་རྒྱལ་པོའི་སྲས་མོ་ཡིན། །

བཟའ་བཏུང་ཞིམ་མངར་མཁས་ཤིང་རོ་བཅུད་ལྡན། །

ཡིད་འོང་མཛེས་མ་མཚྫེ་བཟང་མོ་འདི། །

ང་ལ་མི་དགོས་བྲམ་ཟེ་གཉིས་ལ་འབུལ།།

ཞེས་གསུངས་པ་དང་། བྲམ་ཟེ་གཉིས་པོས་བཟང་མོ་ཁྲིད་དེ་གོམ་པ་བརྒྱ་སོང་ནས། སླར་ལོག་སྟེ་རྒྱལ་བུ་རང་ལ་ཕུལ་ནས་ཞུས་པ།

ཨ་ཀྱང་ཀུ་རེ་ཡིན་ནོ་མི་དབང་རྗེ།།
དལ་འབྱོར་དོན་ཡོད་མཛད་པ་ངོ་མཚར་ཆེ།།
དོན་དམ་སྦྱིན་པ་མི་དབང་སྐུ་ཆེན་པོ།།
རང་གི་སྲོག་ཀྱང་སྦྱིན་པར་གཏོང་ནུས་པའི།།
རྒྱལ་བུ་གཏོང་ཕོད་ཅན་ལ་ཕྱག་འཚལ་ལོ།།

ཞེས་བསྟོད་པ་དང་། རྒྱལ་བུའི་ཞལ་ནས་ངས་ལན་གཅིག་བྱིན་ནས་སླར་ལེན་པ་མི་ཡོང་། ད་ཁྱོད་རང་གཉིས་ཁྲིད་གསུངས་པས། བྲམ་ཟེ་གཉིས་པོས་ལྷའི་ལུས་བསྟན་ནས། རྒྱལ་པོ་ཆེན་པོ་ཁྱེད་ལ་ཞེན་ཆགས་ཡོད་མེད་ལ་བལྟས་པ་ཡིན། བདག་ཅག་གཉིས་ལ་ཁྱེད་ཀྱི་བཙུན་མོ་མི་དགོས་གསུངས་ནས། ལྷའི་དབང་པོས་སྤྱན་ནམ་མཁར་ཧྲིག་ཧྲིག་མཛད་པས། དེ་མ་ཐག་ཏུ་ལྷ་ཐམས་ཅད་དབང་དུ་བསྡུས་ནས་འབྲོག་སྡེ་ཆེན་པོ་ཞིག་ཏུ་གྱུར་ཏེ། འབྲོག་སྡེ་དེ་རྣམས་ཀྱིས་རྒྱལ་བུ་ཡབ་ཡུམ་ལ་ཞབས་ཏོག་ཕུན་སུམ་ཚོགས་པ་བྱས་སོ། །ལྷའི་དབང་པོ་བརྒྱ་བྱིན་གྱིས་ཕྱག་འཚལ་ནས་ཞུས་པ།

ལྷ་ཡི་དབང་པོ་རྗེ་བཙུན་དམ་པ་ཁྱོད།།

ཚེ་འདི་བློས་བཏང་ཕྱི་མའི་དོན་ཆེན་བསྒྲུབས། །
འགྲོ་དོན་མཐར་ཕྱིན་བླ་མེད་མངོན་སངས་རྒྱས། །
འཇིག་རྟེན་སྒྲོན་མེ་མཛད་པ་ངོ་མཚར་ཅན། །
སྐྱེས་བུ་དམ་པ་ཁྱེད་ལ་ཕྱག་འཚལ་ལོ། །
འཛམ་གླིང་འགྲན་ཟླ་མེད་པར་མཉེས་གྱུར་ཅིག །

ཅེས་ཞུས་སོ། །དེ་ནས་རྒྱལ་བུ་ཡབ་ཡུམ་གྱིས་ལམ་ཁ་ཞིག་ནས་ཕྱི་མིག་བལྟས་པས། འཁྲོག་སྟེ་འཇའ་ཡལ་བ་བཞིན་དུ་སོང་ངོ་། །ཡང་ཕྱོན་པས་ཁྱིའུ་དཀར་པོ་ལག་ན་ཤེལ་དཀར་གྱི་ཕྲེང་བ་འཛིན་པ་ཞིག་དང་ཕྲད་དེ་ཁྱིའུ་ན་རེ། རྒྱལ་བུ་ཆེན་པོ་འདི་ནས་དཔག་ཚད་གཅིག་ཙམ་ཕྱིན་པ་ན་ཚངས་པའི་ལྷས་མཆོད་པ་བྱེད་པ་ཡོད་དོ་ཟེར་ཏེ་མི་སྣང་བར་གྱུར་ཏོ། །དེ་ནས་ཡང་ཕྱོན་པས་ཆུ་བོ་ཆེན་པོ་ཞིག་གི་འགྲམ་དུ་ཚངས་པས་སྤྲུལ་པ་བྱས་ཏེ། གྲོང་ཁྱེར་ཆེན་པོ་ཞིག་ཏུ་སྤྲུལ་ནས་རྒྱལ་བུ་ཡབ་ཡུམ་ལ་ཞག་བདུན་གྱི་བར་དུ་མཆོད་པ་བྱེད་དོ། །དེ་ནས་རྒྱལ་བུ་ཡབ་ཡུམ་འཕྱོན་པར་ཆས་པ་དང་། །ལྷ་ཚངས་པས་ཁྱིའུའི་གཟུགས་སུ་བྱས་ནས་སྨྲས་པ།

རྒྱལ་བུ་ཆེན་པོ་གནས་འདིར་བཞུགས་སུ་གསོལ། །
ཁང་ཁྱིམ་ལོངས་སྤྱོད་དགོས་པ་བདག་གིས་འབུལ། །
འཇིག་རྟེན་བྲན་གཡོག་ཕོ་མོ་བདག་གིས་འབུལ། །
ཡབ་ཀྱི་བཀའ་ཡི་ཆད་པ་འདི་ནས་གྲོལ། །

བདུད་རི་ཧ་ཤང་ཞེས་པའི་གནས་ངན་དེར།།
འདྲེ་སྲིན་གདུག་པ་ཅན་དང་གཅན་གཟན་ཚོགས།།
བཟོད་སླགས་མེད་པར་ཚུར་དུ་རྔམ་པ་ཡོད།།
ས་རྩུབ་རི་ནག་འཇིགས་པ་ཆེ་བའི་གནས།།
ཞེས་ཞུས་པས། རྒྱལ་བུས་སྨྲས་པ།
ཚེ་སྔོན་བསོད་ནམས་བསགས་པའི་མི་ལུས་ཐོབ།།
སྦྱིན་པ་བཏང་བས་ལོངས་སྤྱོད་འཛད་པ་མེད།།
འདོད་དགུ་འབྱུང་བའི་ལོངས་སྤྱོད་ཆེན་པོ་འདིར།།
འདི་ལ་ཞེན་ཅིང་ཆགས་གྱུར་ན།།
ནམ་ཡང་བདག་གི་དགེ་བའི་ལས།།
མི་འཕེལ་འགྲིབ་ཅིང་འཆགས་པར་འགྱུར།།
ཁྱད་པར་ཡབ་ཀྱིས་གསུངས་པའི་བཀའ། །
ཁྱད་དུ་བསད་པར་བྱས་ན་ནི།།
ཁོ་བོ་དམ་ཚིག་ཉམས་པར་འགྱུར།།
དེ་བས་ད་ལྟ་ཉིད་དུ་འགྲོ།།

ཞེས་གསུངས་ནས་བློན་པ་དང་། གྲོང་ཁྱེར་མི་ལོང་ལ་ཧ་བཏབ་པ་བཞིན་དུ་ཡལ་སོང་། དེ་ནས་རྒྱལ་བུའི་ཞལ་ནས་ངས་དཀོན་མཆོག་ལ་གསོལ་བ་བཏབ་པའི་འབྲས་བུ་ཚེ་འདི་ཉིད་དུ་བྱུང་བ་ཡིན་གསུངས་སོ།།

དེ་ནས་ཡང་ཐོན་པས་ནགས་སྟུག་པོ་ཉེ་མ་སྒྲིབ་པ་ཤིན་ཏུ་སྐྱོ་བའི་གནས་ཤིག་ཏུ་སླེབས་ཏེ་གར་བལྟས་གར་འགྲོ་མ་ཤེས་པའི་ཚེ། རྣལ་འབྱོར་པ་སྐྲ་སྤྱི་བོར་བཅིངས་པ་སྨྲ་ར་དང་སྨིན་མ་སེར་ཁྱུག་གེར་ཡོད་པ། ལག་ན་ཏྲི་མ་ཏུ་ཐོགས་པ་ཞིག་དང་ཕྲད་པས། ཁོང་ན་རེ། མི་ཁྱོད་ཏམ་པ་ཆེན་པོ་ཞིག་འདུག སྔར་ཡུལ་ག་ནས་ཡོང་བ་ཡིན། གང་ལ་འགྲོ་བསམ་པ་ཡིན། མིང་ལ་ཅི་ཟེར། འདི་ནས་དཔག་ཚད་ལྔ་བརྒྱ་ཕྱིན་པ་ན། བདུད་རི་ནག་པོ་ཧ་ཤང་ཞེས་བྱ་བའི་ས་ཕྱོད་ལ་རོང་རྩུབ་པ། རྡོ་ཚ་རྡོག་ཅན་གྲིབ་ནག་མདུང་ཤིང་ཙམ་ཡོད་པ། དུག་ཤིང་གི་མེ་ཏོག་རྒྱས་པ། དུག་མཚོ་ཐ་ རླབས་སུ་ཁོལ་བ། དུག་སྦྲུལ་གྱི་ཁ་རླངས་ནམ་མཁའི་སྤྲིན་ལྟར་འཐིབས་པ། ལྷ་འདྲེ་གདུག་པ་ཅན་ཉིན་མཚན་མེད་པར་འཚོགས་བྱེད་ཅིང་སྲོག་གཅོད་པ། གཞན་ཡང་གཅན་གཟན་སེངྒེ་དང་སྟག་དང་དྲེད་དང་དོམ་ལ་སོགས་ཏེ་གཅན་གཟན་གདུག་པ་ཅན་ཐམས་ཅད་མིའི་དྲི་ཚོར་ན་བཟོད་སླགས་མེད་པར་ཟ་བ། མཐོང་བ་ཙམ་གྱིས་འཇིགས་ཤིང་སྐྲག་པར་བྱེད་པའི་གནས་ཡོད། གཞན་ཡང་ལམ་བར་དུ་འཇིགས་སྐྲག་གི་སྡུག་བསྔལ་བསམ་གྱིས་མི་ཁྱབ་པ་ཡོད་ཟེར་རོ། །

དེར་རྒྱལ་བུའི་ཞལ་ནས་ང་རྒྱལ་བུ་དྲི་མེད་ཀུན་ལྡན་ཞེས་བྱ་བ་དེ་ཡིན། སྔར་རྒྱ་ཧའི་ཡུལ་ནས་ཡོང་། ད་བདུད་རི་ཧ་ཤང་ལ་འགྲོ་བ་ཡིན་གསུངས་པས། རྣལ་འབྱོར་པ་ན་རེ། རྒྱལ་བུ་དྲི་མེད་ཀུན་ལྡན་བྱ་བས་ནོར་

རྒྱལ་སྲིད་ཐམས་ཅད་སྦྱིན་པ་ལ་གཏོང་ཟེར་བ། སྤར་རྣ་བས་ཐོས། ད་མིག་གིས་མཐོང་བས་བདག་ཀྱང་བསོད་ནམས་བསགས་པ་ཡིན། ད་འདི་ནས་དཔག་ཚད་གཅིག་ཕྱིན་པ་ན། ན་ག་ར་བྱ་བའི་ཆུ་ཡོད་དེ་གཡས་སུ་བཞག་ནས་ཕྱིན་པ་ན་གཅན་གཟན་འགྲོ་བའི་གསེབ་ལམ་ཡོད་པས་དེ་ལ་འབྱོན་པར་ཞུ། སྐྱེ་བ་ཕྱི་མ་མཇལ་བའི་སྨོན་ལམ་ཞུ། ཞེས་གསུངས་ནས། མི་སྣང་བར་གྱུར་ཏོ།།

དེ་ནས་ཡང་བྱོན་པས་ནགས་མཐུག་པ་འདྲེ་སྲིན་གདུག་པ་ཅན་ཐམས་ཅད་ཉིན་མོ་ཡང་མཐོང་བ། གཅན་གཟན་ཐམས་ཅད་ཚུར་རྒྱུག་ཅིང་སྐད་འདོན་པ། དུག་ཆུ་ཁོལ་མའི་ཐ་རླབས་སྒྲོག་པ་ཞིག་ཏུ་སླེབས་སོ། །དེ་དུས་བཟང་མོ་འཇིགས་ཤིང་སྐྱོ་ནས་སྨྲས་པ།

ཨེ་མ་འདི་འདྲའི་གནས་འདི་ཅི་ཞིག་ཡིན།།
འདྲེ་སྲིན་འབྱུང་པོ་ཉིན་མོ་མཐོང་བ་དང་།།
རྫུ་འཕྲུལ་ཆེ་ཞིང་ཆོ་འཕྲུལ་སྟོན་པ་འདི།།
འཆི་བདག་བདུད་ཀྱི་གྲོང་ཁྱེར་ཡིན་པ་འདྲ།།
སྟག་དང་སེངྒེ་གཅན་གཟན་ཏེ།།
མི་དྲེད་མཆེ་བ་གཙིགས་ཤིང་འཇིགས་པ་མཐོང་།།
དུག་ཆུ་ཁོལ་མའི་ཐ་རླབས་སེམས་པ་སྐྱོ།།
འདི་ནས་ཐར་བའི་དུས་ནི་མི་འདུག་པས།།

ད་ནི་སྨྲོག་གི་འདུ་བྱེད་གཏོང་བ་འདྲ། །

བླ་མ་ལྷ་དང་དཀོན་མཆོག་རིན་པོ་ཆེ། །

བདག་ཅག་བཟའ་མི་གཉིས་ཀྱི་ལམ་སྣ་དྲོངས། །

ཞེས་སྨྲས་པ་དང་། རྒྱལ་བུའི་ཐུགས་དགོངས་ལ་བཟང་མོ་འཛིགས་པ་ཡིན་པར་འདུག་དགོངས་ནས་སྨྲས་པ།

འདྲི་དང་འབྱུང་པོ་ལྷ་ཀླུ་གནོད་སྦྱིན་ཚོགས། །

མིའམ་ཅི་དང་ས་བདག་སྟོབས་པོ་ཆེ། །

སྲུག་དང་སེནྡྷེ་འཕར་བ་སྤྱང་ཀིའི་ཚོགས། །

མི་དྲེད་ལ་སོགས་གཅན་གཟན་ཚོགས་རྣམས་ཀུན། །

དར་ཅིག་བདག་ལ་དགོངས་ཤིག་གསན་དུ་གསོལ། །

བདག་ནི་གཏོང་བའི་བློ་དང་ལྡན་པ་ན། །

ལུས་དང་སྲོག་ལ་ཕངས་པ་མི་འདུག་སྟེ། །

མཛེས་བཟང་མོ་སེམས་ཉིད་བདེ་བའི་ཕྱིར། །

ཁྱེད་ཅག་གནོད་སེམས་གདུག་རྩུབ་མ་བྱེད་པར། །

བྱང་སེམས་ལྡན་ཞིང་གནོད་པ་མ་བྱེད་ཅིག །

ཞི་བ་ཆེན་པོའི་ངང་ལ་གནས་སུ་གསོལ། །

ཞེས་གསུངས་པ་དང་། འདྲི་སྲིན་གདུག་པ་ཅན་ཐམས་ཅད་གནོད་པ་མི་བྱེད་ཅིང་ཞི་བའི་ངང་ལ་གནས་སོ། །གཅན་གཟན་གྱི་ཚོགས་རྣམས་

ཀྱང་གནོད་པ་མི་བྱེད་པར་རང་དང་འདྲིས་པའི་ཁྱི་བཞིན་དུ་མཇུག་མ་འཁྱིལ་ཞིང་བསུ་བ་བྱེད་དོ། །བྱའི་ཚོགས་རྣམས་ཀྱང་སྙན་པའི་སྒྲ་སྒྲོག་ཅིང་བསུ་བ་བྱེད་དོ། །

དེ་ནས་ཐོན་པས་བདུད་རི་ཆེན་པོ་དེར་ཐེབས་སོ། །རི་དེ་ཡང་ཕུ་ན་གངས་རི་དཀར་བ། མདའ་ན་རྫ་རི་དམར་བ། བར་ན་ཚུ་སྨན་འབབ་པ་ཞིག་འདུག རྒྱལ་བུ་རི་དེ་ལ་ཐེབས་པ་ཙམ་གྱིས་ཤིང་སྐམ་པོ་ལ་ལོ་འདབ་རྒྱས་པ། ཆུ་མིག་སྐམ་པོ་ལ་ཆུ་བརྫོལ་བྱུང་ངོ་། །

དེའི་དུས་རི་དེ་ལ་གནས་པའི་ལྷ་ཀླུ་གནོད་སྦྱིན་དྲི་ཟ་སྲིན་པོ་དང་། ཤ་ཟ་གྲུལ་བུམ་འབྱུང་པོ་རོ་ལངས་དང་། ནམ་མཁའ་ལྡིང་དང་མིའམ་ཅི་ལ་སོགས་པ་ཐམས་ཅད་དང་། སྟག་དང་གཟིག་དང་དོམ་དང་དྲེད་དང་སྤྱང་ཀི་དང་ཅེ་སྤྱང་ལ་སོགས་པ་གཅན་གཟན་དུ་མ་དང་། གླང་པོ་ཆེ་དང་མ་ཧེ་དང་ཁྲུ་མཆོག་ལ་སོགས་པའི་རི་དྭགས་ཀྱི་ཚོགས་རྣམས་དང་། ཁྲུང་ཁྲུང་དང་ངང་བ་དང་དུར་བ་རྨ་བྱ་ལ་སོགས་ཏེ་འདབ་ཆགས་ཀྱི་ཚོགས་རྣམས་དང་། གཞན་ཡང་རི་དེ་ལ་གནས་པའི་སྲོག་ཆགས་ཀྱི་རིགས་འདུས་ཏེ། རྒྱལ་བུ་ཡབ་ཡུམ་གཉིས་ལ་བསུ་བ་བྱས་སོ། །

དེ་ནས་རྒྱལ་བུ་ཡབ་ཡུམ་གྱིས་བདུད་རི་ལ་གཟིགས་པས། རི་དེ་ཡང་ཁ་ལྷོར་བལྟ་བ། ཉི་མ་འཆར་སྔ་བ་ནུབ་འཕྱི་བ། རྣམ་གཡེང་གི་ཙ་ཙོ་མེད་པ། གཙང་བའི་ཚུ་སྨན་འབབ་པ། བྱ་སྐད་ཚོགས་པན་ཚུན་རྩེ་བ། ཤ་

འབྲས་ཤིང་ཧོག་ཡོད་པ། ས་གཙང་ཞིང་མེ་ཧོག་སྣ་ཚོགས་སྐྱེས་པ། ཡིད་དྭངས་ཤིང་མདངས་དང་ལྡན་པའི་གནས་དེ་ཏུ་ཤིང་ལོའི་སྤྱིལ་བུ་རེ་བྱས་ནས་རྒྱལ་བུས་ནི་སེམས་ཀྱི་དོན་ལ་ལྟ་ཞིང་བཞུགས། བཟང་མོ་ནི་རྒྱང་ཙམ་ཞིག་ཏུ་བསྡད་ནས་སྐབས་སྐབས་སུ་ཤིང་ཧོག་རེ་བཏུས་ནས་རྒྱལ་བུ་ལ་མཆོད་དོ། །དེ་ནས་ཡུན་རིང་པོ་ཞིག་ཏུ་ལོན་པའི་ཚེ། བཟང་མོས་རྒྱལ་བུའི་དྲུང་དུ་ཕྱིན་ཏེ་ཞུས་པ།

གང་གི་སློ་གྲོས་དག་ཅིང་རྨ་མེད་པའི། །
གཞོན་ནུ་དྲི་མེད་ཀུན་ལྡན་བདག་ལ་གསོན། །
གནས་ཆེན་འདི་ཏུ་ལོ་ནི་བཅུ་སོང་ངོ་། །
ཕར་ལམ་ཟླ་དྲུག་ཚུར་ལམ་ཟླ་བ་དྲུག །
ལོ་དུས་རང་ཡུལ་སླེབས་པ་སྙམ་པ་འདུག །
དེ་ཡི་བར་ལ་དལ་གྱིས་བྱོན་ན་མི་ལེགས་སམ། །

ཞེས་ཞུས་པས། རྒྱལ་བུས་གསུངས་པ།

བཟང་མོ་མ་ཡིངས་དར་ཅིག་བདག་ལ་ཉོན། །
ཐུབ་པས་ལུང་བསྟན་ནགས་ཁྲོད་དམ་པ་འདིར། །
མི་མཐུན་གཡེང་བའི་ཙ་ཅོ་རབ་སྤངས་ཏེ། །
ཏིང་འཛིན་དགའ་ལྡན་བདེ་བའི་གནས་འདི་ཏུ། །
དགེ་སྦྱོར་འཕེལ་བས་མི་འགྲོ་དེ་ཏུ་སྡོད། །

ཅེས་གསུངས་ནས། བསམ་གཏན་ལ་བཞུགས་སོ། །དེ་ནས་བཟང་མོས་ནགས་ཀྱི་མཐའ་ཞིག་ཏུ་ཤིང་ཏོག་འཚོལ་དུ་ཕྱིན་པས། ནགས་དེ་ན་ སྤྲ་སྤུག་མཛེས་པའི་ནེ་ཙོ་སྨྲ་མཁན་ཞིག་དང་ཕྲད་པས། བཟང་མོས་ནེ་ཙོ་དེ་ལ་སྨྲས་པ།

མཛེས་སྤུག་ལྡན་པའི་བྱ་ཆེན་སྨྲ་མཁན་ཁྱོད། །
ཡིད་འོང་མཛེས་ཤིང་ལྷག་པར་མོས་པ་དང་། །
མགྲིན་པ་ཁ་དོག་ལེགས་ཤིང་དམར་བའི་མཆུ། །
མི་མེད་བདུད་རི་ཆེན་པོ་དེར་སླེབས་ཚེ། །
རོ་མཆོག་ལྡན་པའི་མི་ཟས་མེད་པས་ན། །
ནགས་ཀྱི་དཀྱིལ་དུ་ཤིང་ཏོག་འཚོལ་དུ་འོངས། །
འདབ་ཆགས་བྱ་ཡི་ལུས་ལ་སྨྲ་ཤེས་མཁན། །
བདག་ལ་དགོས་པའི་འབྲས་བུ་ག་ན་མང་། །
བྱ་ཆེན་ཁྱེད་ཀྱིས་བདག་ལ་བསྟན་དུ་གསོལ། །

ཞེས་སྨྲས་པས། ནེ་ཙོ་ཤིང་དེའི་རྩེ་ནས་ཕར་རྒྱུག་ཚུར་རྒྱུག་ལན་གསུམ་བྱས་ནས་སྨྲས་པ།

གཞོན་ནུ་ལང་ཚོ་ལྡན་པའི་བཟང་མོ་ཁྱོད། །
ལྷ་བའི་མདོག་ལེགས་འཛམ་ཞིང་དྲི་མཆོག་ལྡན། །
ཡིད་འོང་འདོད་དགུའི་རིགས་སྤྱོད་ལྡན་པ་ཡིས། །

ཁྱོད་ཀྱི་བཞིན་ནི་ཟླ་བ་ཉ་གང་འདྲ། །
བདག་ཡིད་ཁྱོད་ལ་སོང་བའི་རྒྱ་མཚོར་ལྷུང་། །
འཛུམ་པའི་མདངས་ལྡན་ལྷ་མོ་ཁྱོད་མཐོང་དགའ། །
གང་འདོད་འབྲས་བུ་བདག་གིས་བསྟན་པར་བྱ། །
ཞེས་ཟེར་ནས་ནི་ཙོས་བཟང་མོ་ཤིང་ཏོག་ཡོད་སར་ཁྲིད་ནས། ཨ་མྲའི་སྡོང་པོ་གཅིག་གི་རྩེ་ལ་སོང་སྟེ། འབྲས་བུ་མང་པོ་ཕབ་པས། བཟང་མོ་ཡིད་དགའ་ཞིང་ཤིང་ཏོག་གིས་ཚིམས་པར་གྱུར་ནས་སྨྲས་པ།
འདབ་ཆགས་མཁའ་ལ་འཕུར་བའི་རྫུ་འཕྲུལ་ཅན། །
འབྲས་བུས་བདག་ཚིམས་དགེ་ལྡན་ཁྱོད་རང་གི །
རིགས་མཐུན་རྣམས་དང་ལེགས་པར་རྩེ་མཛོད་ལ། །
བདེ་བར་བཞུགས་ཤིག་རིགས་མཐུན་བྱ་ཡི་ཚོགས། །
བདག་ཀྱང་སླར་ཡང་མྱུར་དུ་མཇལ་བར་སྨོན། །
ཞེས་སྨྲས་པ་དང་། དེ་ནས་ནི་ཙོ་དེ་ཤིང་གི་རྩེ་ནས་བབས་ཏེ། གོམ་པ་བརྒྱད་ཙམ་བར་དུ་སྐྱེལ་མ་བྱས་ནས་སྨྲས་པ།
དགེ་ལྡན་ལུས་མཛེས་རིགས་བཟང་ཚུལ་ལྡན་ཁྱོད། །
མཛེས་པའི་སྤྱོད་པ་ཡིད་འོང་ལྷ་མོའི་གཟུགས། །
ཨུཏྤལ་འཛུམ་བག་ཅན་ཁྱོད་བདེ་བར་བྱོན། །
ཚེ་འདིར་མི་འཕྲད་ཕྱི་མ་མཇལ་བར་སྨོན། །

ཞེས་སྨྲས་ནས་ནེ་ཙོ་ཡང་ཕྱིར་ལོག་གོ །དེ་ནས་བཟང་མོ་ལོག་ཡོང་བའི་ལམ་ཁ་ཞིག་ཏུ་ཆུ་དྲག་པོ་ལྷུང་ལྷུང་འབབ་ཅིང་འདུག་པས། བཟང་མོའི་བསམ་པ་ལ་ཆུ་འདི་ཧྲེ་ཏའི་ཡུལ་དུ་འབབ་ལས་ཆེ། བདག་གི་ལུས་སྲིང་གསུམ་དང་འཕྲད་པར་སྙམ་ནས་སྨྲས་པ།

ཆུ་མཆོག་དར་དཀར་ལུས་ལ་གྱོན་པའི་ཆབ།།
བཀྲེས་སྐོམ་དབུལ་ཕོངས་སེལ་བའི་བདུད་རྩིའི་ཆུ།།
དྭངས་ཤིང་རྒྱུན་ཆད་མེད་པའི་བསིལ་བའི་ཆབ།།
ཤིན་ཏུ་ཡིད་འོང་སྙན་པའི་སྒྲ་སྒྲོག་ཅིང་།།
ཐག་རིང་ས་དེར་འགྲོན་པའི་ལམ་ཁ་ནས།།
བདག་གི་ལུས་སྲིང་གསུམ་དང་འཕྲད་ལས་ཆེ།།
ཕྲད་ན་ང་ཡི་འཕྲིན་འདི་ཁྱོད་ལ་བསྐུར།།
ཡབ་ཡུམ་སྐུ་ཁམས་བཟང་ཞིང་བདེ་བར་ཡོད།།
མཛེས་སྡུག་རིགས་ལྡན་གསུམ་གྱི་ཚེ་ལ་ཡང་།།
གློ་བུར་ནད་ཀྱི་བར་ཆད་མེད་ལས་ཆེ།།
ཡབ་ཡུམ་སྲས་བཅས་བྲལ་ནས་ཡུན་རིང་བས།།
ཡུན་རིང་བར་དུ་ཐུགས་སེམས་སྐྱོ་བ་བདེན།།
སྙིང་དང་བྲལ་བའི་སྡུག་བསྔལ་བྱུང་ལགས་ཏེ།།
ལན་ཅིག་ཐོག་ཏུ་མི་ཁུར་ཀ་མེད་བྱུང་།།

ལོ་ནི་བཅུ་གཉིས་འགྲོ་བ་མྱུར་དུ་ཡོད།།

ཡབ་ཡུམ་སྲས་བཅས་མྱུར་དུ་མཇལ་བར་ཡོད།།

ཅེས་སྨྲས་ནས་ལོག་གོ །དེ་ནས་ལྷམ་སྲིང་གསུམ་པོས་ཆུ་དེ་ཁྲིད་ན་ཡང་ཤིང་ཐུར་ཐོན་པས། ཆུ་དེས་ཡབ་ཡུམ་གྱི་འཁྲིན་རྣམས་སྲས་གསུམ་ལ་སྤྲད། དེ་ནས་སྲས་གསུམ་ཡབ་ཡུམ་དྲན་པའི་སྐབས་ཀྱིས་ཡབ་ཡུམ་གྱི་མཚན་ནས་འབོད་ཅིང་ངུས་སོ།།

དེ་ནས་སྲས་མོ་ལེགས་མཛེས་མ་རི་མཐོན་པོ་གཅིག་གི་རྩེ་ལ་ཐོན་པས། ནམ་མཁའ་ནས་ཚུར་བྱ་ཀ་ལ་པིང་ཀ་གསུང་སྙན་པོ་སྒྲུར་བ་ཞིག་འཕུར་བྱུང་བས། དེའི་དུས་ལེགས་མཛེས་མ་སེམས་པ་སྐྱོ་ཞིང་བྱ་འདི་བདུད་རིའི་ཕྱོགས་ལ་འགྲོ་ལས་ཆེ། བདག་གི་ཡབ་ཡུམ་གཉིས་དང་འཕྲད་ཡོང་སྙམ་ནས་སྨྲས་པ།

འདབ་བྱ་གང་དགར་འཕུར་བའི་ཉམས་དགའ་བ།།

ཀ་ལ་པིང་ཀའི་གསུང་སྙན་ཀྱུ་རུ་རུ།།

ཀ་ལའི་གསུང་སྙན་ཐོས་པས་བདག་ཡིད་སྐྱོ།།

བྱ་ཆེན་ཁྱོད་ཀྱིས་ཐུགས་ཡིད་མ་འཚབ་པར།།

ཁོ་མོ་སྐྱོ་བའི་ཐད་དུ་ཐུགས་གསན་མཛོད།།

བྱ་ཆེན་བདུད་རིའི་ཕྱོགས་ལ་གཤེགས་ལགས་སམ།།

བྱ་ཆེན་ཁྱེད་ཉིད་འཚོན་པའི་ལམ་ཁ་ན།།

བདག་གི་ཡབ་ཡུམ་གཉིས་ཡོད་འདི་སྐད་གསུང་།།
ཡབ་ཡུམ་སྐུ་ཁམས་བཟང་ཞིང་བདེ་ལགས་སམ།།
འདི་ན་བདག་ཅག་ལྷམ་སྲིང་གསུམ་པོ་ལ།།
གློ་བུར་ནད་ཀྱི་བར་ཆད་མ་བྱུང་ཡང་།།
ཡབ་ཡུམ་གཉིས་དང་བྲལ་བའི་སྡུག་བསྔལ་གྱིས།།
རང་སེམས་སྐྱོ་ནས་ཉིན་མཚན་མི་འཁྱོལ་བས།།
བདག་ཅག་ལྷམ་སྲིང་གསུམ་ལ་ཐུགས་རྗེས་གཟིགས།།
མྱུར་དུ་མཇལ་བའི་གསུང་འཕྲིན་བྱུང་ལགས་པས།།
མྱུར་དུ་མཇལ་བའི་མཐུ་དང་དབང་ཡོད་ན།།
ལྷམ་སྲིང་ཐུགས་ཀྱིས་དགོངས་ཏེ་མྱུར་དུ་ཕྱོན།།

ཞེས་པའི་འཕྲིན་བྱ་ལ་བསྐུར་རོ། །དེ་ནས་བྱ་དེས་བདུད་རིའི་ཕྱོགས་སུ་ཡབ་ཡུམ་གཉིས་ལ་འཕྲིན་བགྱིས་སོ། །དེར་ཡབ་ཡུམ་གཉིས་ཀྱང་ཐུགས་སྐྱོ་ནས་སྤྱན་ཆབ་མང་པོ་ཤོར་རོ། །སྤྱན་ཆབ་དེ་རྣམས་རྒྱ་མཚོ་ཞིག་ཏུ་འཁྱིལ། རྒྱ་མཚོ་དེ་ལ་པདྨའི་སྡོང་པོ་ཞིག་སྐྱེས། པདྨའི་སྡོང་པོ་དེ་ལ་མེ་ཏོག་སྟོང་རྩ་གཅིག་བགད། མེ་ཏོག་སྟོང་རྩ་གཅིག་ལ་སངས་རྒྱས་སྟོང་རྩ་གཅིག་འཁྲུངས། སངས་རྒྱས་དེ་རྣམས་ཐམས་ཅད་ཀྱི་ངོ་བོ་སྤྱན་རས་གཟིགས་འཁྲུངས་པས། ཡབ་ཡུམ་གཉིས་ཀྱིས་ཕྱག་དང་བསྐོར་བ་ལ་སོགས་མཆོད་ཅིང་བསྟོད་དོ། །དེ་ནས་མཛེ་བཟང་མོས་སྲས་ལྷམ་སྲིང་

གསུམ་ལྡན་པའི་སྟོབས་ཀྱིས་རྒྱལ་བུ་ལ་ཕྱག་འཚལ་ནས་ཞུས་པ།

ཀློ་གྲོས་ལྡན་པའི་རྒྱལ་བུ་ཚུར་གསོན་དང་།།

གནས་ཆེན་འདི་རུ་ལོ་ནི་བཅུ་གཉིས་སོང་།།

ཕར་ལམ་ཟླ་དྲུག་ཚུར་ལམ་ཟླ་བ་དྲུག།

ལོ་ནི་བཅུ་གསུམ་ཡབ་ཀྱི་བཀའ་ལས་ལྷག།

ད་ནི་རང་གི་ཡུལ་དུ་འཁྲོན་པ་ཞུ། །

སྙིང་དང་འདྲ་བའི་ལྷམ་སྲིང་གསུམ་པོ་དང་།།

ཕ་མ་ལ་སོགས་རང་ཡུལ་དྲན་པ་འདུག།

བདག་ལ་བརྩེ་བས་དགོངས་ཏེ་ཕེབས་པར་ཞུ།།

ཞེས་ཞུས་པ་དང་། རྒྱལ་བུའི་དགོངས་པ་ལ་ད་ནི་བཟང་མོ་ཡང་སྐྱོ་བ་བདེན་སྙམ་དུ་དགོངས་ནས། བཟང་མོ་མཆི་མ་མ་འདོན་ཅིག ད་རང་རེ་གཉིས་འགྲོ་བར་བྱའོ་གསུངས་ནས་རྒྱལ་བུ་གདན་ལས་བཞེངས་ཏེ་འཁྲོན་པར་ཆས་པ་དང་། རི་དེ་ལ་གནས་པའི་ལྷ་ཀླུ་གནོད་སྦྱིན་དང་། གཅན་གཟན་བྱའི་ཚོགས་ཐམས་ཅད་འདུས་ཏེ། རང་རང་གི་སྐད་བཏོན་ནས་རྒྱལ་བུ་ཡབ་ཡུམ་ལ་བཞུགས་པར་ཞུ་ཟེར་ཞིང་མཆི་མ་འདོན་ནོ། །དེར་རྒྱལ་བུའི་དགོངས་པ་ལ་འདྲེ་སྲིན་དང་སེམས་ཅན་འདི་རྣམས་སྙིང་རྗེ་དགོངས་ནས་ཕྱག་གཡས་པས་སྐྱབས་སྦྱིན་གྱི་ཕྱག་རྒྱ་མཛད་ནས་སྨྲས་པ།

འདྲེ་དང་འབྱུང་པོ་གནོད་སྦྱིན་དྲི་ཟ་དང་།།

སེམས་ཅན་མ་ལུས་སྲོག་ཆགས་ཁྱོད་རྣམས་ཀྱིས།།
ཡུན་རིང་ཕ་མ་ལྟ་བའི་འདུ་ཤེས་དང་།།
གཉེན་གྱི་ཚུལ་དུ་བརྩེ་དུང་བྱས་པས་བཟང་།།
ཡུན་རིང་འགྲོགས་པའི་མཐའ་མ་དེ་རིང་ཡིན།།
ཁམས་གསུམ་འཁོར་བའི་སེམས་ཅན་ཐམས་ཅད་ལ།།
འདུས་བྱས་མི་རྟག་མཚན་ཉིད་འདི་ཡིན་པས།།
ཁྱེད་ཅག་རྣམས་ཀྱང་ཆོས་ལ་དད་པར་གྱིས།།
རང་གིས་གཞན་ལ་གནོད་པ་མ་བྱེད་ཅིག།
བདེ་བར་སྡོད་ཅིག་རིགས་མཐུན་གྲོགས་པོའི་ཚོགས།།
ཚེ་འདིར་མི་འཕྲད་ཕྱི་མ་མཇལ་བར་སྨོན།། །

ཞེས་གསུངས་ནས་ཡབ་ཡུམ་གཉིས་ཕྱོན་པ་དང་། སེམས་ཅན་དེ་རྣམས་ཐམས་ཅད་ཡིད་སྐྱོ་བར་གྱུར་ཅིང་། ཡབ་ཡུམ་གཉིས་ལ་སྐྱེལ་མ་ཐག་རིང་པོའི་བར་དུ་བྱས་ནས་ལོག་གོ །དེ་ནས་ཕྱིན་པས་འོད་འདུས་སྒང་གི་གནས་བྱ་བ་དེར་ཕེབས་སོ། །དེར་ཡང་བྲམ་ཟེ་མིག་ལོང་བ་ཞིག་བྱུང་ནས་ལག་པ་བརྐྱངས་ཤིང་སྦྱིན་པ་ཞུ་ཟེར་བས། རྒྱལ་བུའི་ཞལ་ནས་ཁྱོད་ཕྱིན་པ་དགའ་སྟེ། བདག་ལ་སྟེར་རྒྱུ་མེད་པས་ཅི་སྟེར་གསུངས་པས། བྲམ་ཟེ་ན་རེ། བདག་ལ་ཁྱེད་ཀྱི་སྤྱན་གཉིས་པོ་ཞུ་ཟེར་བ་དང་། རྒྱལ་བུ་དགྱེས་ཏེ་ས་དེ་གར་སྐྱེལ་མོ་ཀྱང་མཛད་དོ། །ད་ནི་སྦྱིན་པའི་མཐའ

རྫོགས་པར་བྱའོ་དགོངས་ནས་བཟང་མོ་ད་ནི་བདག་ལ་ཆགས་པ་དང་ཞེན་པ་མ་བྱེད་ཅིག ཇི་སྲིད་འཁོར་བ་ཐོག་མ་ནས། ལུས་ཅི་ཙམ་ཞིག་བླངས་ཀྱང་དོན་མེད་དུ་སོང་སྟེ། ད་ལན་དོན་ཅན་དུ་བྱའོ་གསུངས་ནས། ཕྱག་གཡས་པས་རབ་ཏུ་རྩེ་བའི་གྲི་བཟུང་། གཡོན་པས་སྤྱན་གྱི་ལྷགས་པ་འཐེན་ནས་གྲི་གཙགས་པས་ཁྲག་ཆིལ་གྱིས་བྱུང་ངོ་། །དེ་ནས་མཛེ་བཟང་མོ་མྱ་ངན་གྱི་སྐད་ཆེན་པོ་བཏོན་ཏེ་སེམས་ཀྱིས་མ་བཟོད་པར་ཕྱག་ལ་འཆང་ནས་ངུས་པས། རྒྱལ་བུས་གསུངས་པ། བཟང་མོ་དེ་ལྟར་མ་བྱེད། དེ་ལྟར་བྱས་ན་བདག་ལ་སྙིང་ཉེ་བ་མ་ཡིན་སྙིང་རིང་བ་ཡིན། འོ་སྐོལ་གཉིས་བསྐལ་པར་འཕྲད་པར་མི་འགྱུར་བས། བདག་གི་སྦྱིན་པའི་གེགས་མ་བྱེད་པར་སྡོད་ཅིག་གསུངས་ནས། སྤྱན་ལ་གྲིས་བསྐྱར་དུ་གཙགས་ཏེ་བཏོན་ནོ། །དེ་ནས་མཛེ་བཟང་མོས་ལྟ་བས་མ་བཟོད་པར་ཁ་ས་ལ་སྦུབ་སྟེ་བརྒྱལ་ལོ། །རྒྱལ་བུས་སྤྱན་གཉིས་ཕྱག་མཐིལ་དུ་བླངས་ནས་བྲམ་ཟེའི་མིག་ཏུ་བཙུག་སྟེ་སྨྲས་པ།

ལེགས་པར་ཉོན་ཅིག་ལེགས་ལྡན་བྲམ་ཟེ་ཁྱོད། །
གཏོང་བར་དཀའ་བའི་མིག་གཉིས་ཁྱོད་ལ་བྱིན། །
ཁྱོད་བསམ་རྫོགས་ནས་སྲིད་གསུམ་མཐོང་བར་ཤོག །
བདག་ལ་ནད་མེད་ཆོས་ཀྱི་སྤྱན་ལྡན་ནས། །
མ་རིག་མུན་སེལ་ཐར་བའི་སྒྲོན་མེར་ཤོག །

བདག་གི་སྨིན་པའི་མཐའ་ཡང་རྫོགས་པར་ཤོག།

ཅེས་གསུངས་ཏེ་དེ་གར་ལྷན་ནེར་བཞུགས་སོ། །དེ་ནས་བྲམ་ཟེས་གང་ལ་བལྟས་ཀྱང་མཐོང་བར་གྱུར་ནས། རྒྱལ་བུ་ལ་ཕྱག་ཕུལ་ནས་ཞུས་པ།

བཀའ་དྲིན་ཆེའོ་རིགས་ལྡན་རྒྱལ་བའི་སྲས།།
ཅི་འདོད་སྦྱིན་པས་ཚིམ་བྱེད་སྙིང་རྗེ་ཅན།།
འཇིག་རྟེན་མུན་པ་སེལ་བའི་སྒྲོན་མེ་མཆོག།
སྟོང་གསུམ་འགྲན་ཟླ་བྲལ་བའི་རྒྱལ་བུ་ཁྱེད།།
སྤྱིར་ན་སེམས་ཅན་ཀུན་ལ་བཀའ་དྲིན་ཆེ།།
སྒོས་བྲམ་ཟེའི་ལས་ངན་སྡུག་བསྔལ་བསལ།།
རྒྱལ་བུ་སྐུ་དྲིན་ཅན་ལ་ཕྱག་འཚལ་བསྟོད།།

ཅེས་ཞུས་ནས་རྐེ་ཏའི་ཡུལ་དུ་ལོག་གོ །དེ་ནས་གྲོང་ཁྱེར་གྱི་མི་ཐམས་ཅད་འདུས་ནས་ཁྱོད་ཀྱི་མིག་ནི་གང་ནས་བྱུང་ཟེར། བྲམ་ཟེ་ན་རེ། བདག་གི་མིག་འདི་རྒྱལ་བུ་དྲི་མེད་ཀུན་ལྡན་གྱི་ཡིན། ངས་ཕོང་ལ་སློང་པ་ཡིན་ཟེར་བས། དེའི་ཚེ་ཡབ་རྒྱལ་པོ་དང་འབངས་འཁོར་གཡོག་ཐམས་ཅད་ངོ་མཚར་སྐྱེས་ནས། རྒྱལ་བུ་དྲི་མེད་ཀུན་ལྡན་ལ་བློན་པོ་ཟླ་བ་བཟང་པོ་འཁོར་དང་བཅས་པ་གདན་འདྲེན་དུ་བཏང་ངོ།།

དེ་ནས་ཡུན་རིང་པོ་ཞིག་ནས་མཛེ་བཟང་མོ་དྲན་པ་ཉིད་ནས་

ཡར་ལངས་ནས་རྒྱལ་བུ་ལ་བལྟས་པས་ཞལ་རས་དང་སྐུ་མདུན་ཐམས་ཅད་ཁྲག་གིས་བཀང་བའི་ཁྲོད་དེར་བཞུགས་པ་མཐོང་ནས། མཛེས་བཟང་མོས་མཆི་མ་འདོན་བཞིན་སྨྲས་པ།

ཨེ་མ་འཇིགས་པའི་རི་ལ་ལོ་ནི་བཅུ་གཉིས་སོང་། །
ད་ནི་རང་གི་ཡུལ་དུ་ལོག་ནས་ནི། །
དགའ་བའི་གཉེན་གྱི་ཚོགས་དང་འཕྲད་སྙམ་པས། །
འབད་པ་དོན་མེད་སོང་ངོ་ཨ་ཙ་མ། །
ཀྱེ་ཧུད་ཀྱེ་ཧུད་འདི་འདྲའི་ལས་རིགས་ཨང་། །

ཞེས་སྐད་ཆེན་པོ་བཏོན་ནས་ངུས་པས། རྒྱལ་བུས་སྨྲས་པ།

བཟང་མོ་སྨྱ་ངན་མ་བྱེད་ཆོས་ལ་འབུངས། །
ཚེ་རབས་འཁོར་བ་ཐོག་མཐའ་མེད་པ་ནས། །
ད་ལྟའི་མི་ལུས་འདི་ཡི་བར་དུ་ནི། །
སྔར་བྱས་ཐམས་ཅད་དོན་མེད་ལས་སུ་སོང་། །
ད་རེས་དོན་ཆེན་སྙིང་པོ་ལེན་པ་ལ། །
བཟང་མོ་ཁྱོད་རང་སྨྱ་ངན་མ་བྱེད་པར། །
ད་ཡང་འགྲོ་བས་ཁྱོད་ཀྱིས་ལམ་སྣ་དྲོངས། །

ཞེས་གསུངས་ནས། བཟང་མོ་ལ་བརྟེན་ནས་བྱོན་པས་འདུས་པ་ཏ་རེར་ཕེབས་ནས་བཞུགས་པ་དང་། སློབ་དཔོན་ཟླ་བ་བཟང་པོ་གཡོག་འཁོར་

དང་བཅས་པ་རྒྱལ་བུ་ཡབ་ཡུམ་བསུ་བ་ལ་ཕེབས་སོ། །དེ་ནས་བློན་པོ་འཁོར་དང་བཅས་པས་རྒྱལ་བུ་ཡབ་ཡུམ་ལ་ཕྱག་ཕུལ་ཏེ་སྐོར་བ་བྱས་ནས་ཞུས་པ།

ཀྱེ་ཀྱེ་བློ་ལྡན་སྐྱེས་བུ་ཆེན་པོ་ཁྱོད།།
ཤིན་ཏུ་དཀའ་བ་མཛད་པ་འདི་ལྟ་བུ།།
ངོ་མཚར་ཆེའོ་ཡོན་ཏན་རྒྱ་མཚོའི་དཔལ།།
བདག་ཅག་འཁོར་འབངས་ཐུགས་སུ་འཛིན་ཕྱིར་དུ།།
སྙེ་ཏའི་ཡུལ་ཕྱོགས་འབྱོན་པར་གསོལ་བ་འདེབས།།

ཞེས་སྨྲས་ནས་མཆི་མ་མང་པོ་འདོན། དེ་ནས་རྒྱལ་བུས་བློན་པོ་ཟླ་བ་བཟང་པོའི་སྤྱི་བོར་ཕྱག་བཞག་ནས་གསུངས་པ།

ཟླ་བ་བཟང་པོ་འཁོར་བཅས་ཕེབས་ལགས་སམ། །
བདག་ཀྱང་མ་ཤི་གསོན་ཙམ་ཡོད་པ་ལགས།།
ཨ་ཀྱང་ཀུ་རེ་ཡིན་ནོ་ཟླ་བཟང་ཉོན།།
སྙེ་ཏའི་ཡུལ་ཕྱོགས་ཆབ་སྲིད་བརྟན་གྱུར་ཏམ།།
ཡབ་ཡུམ་རྗེ་འབངས་སྐུ་ཁམས་བཟང་ལགས་སམ།།

ཞེས་གསུངས་ནས། བློན་པོ་ཟླ་བ་བཟང་པོ་དང་མཛེས་བཟང་མོ་གཉིས་ཀྱིས་རྒྱལ་བུའི་གཡས་གཡོན་ནས་ཁྲིད་དེ་བྱོན་ནོ། །དེ་ནས་ལམ་ཁ་ཞིག་ཏུ་སྐུ་སྐྱེས་མཛད་ནས་རྒྱལ་བུས་གསུངས་པ།

ཕྱོགས་བཅུའི་བདེ་གཤེགས་སྲས་བཅས་བདག་ལ་དགོངས།།
མཛེ་བཟང་མོའི་མྱུ་ངན་སེལ་ཕྱིར་དང་།།
ཟླ་བ་བཟང་པོའི་བསམ་པ་རྫོགས་ཕྱིར་དུ།།
བདག་གི་མིག་གཉིས་སྔར་ལས་གསལ་བར་ཤོག།

ཅེས་གསུངས་པས། སྐད་ཅིག་ལ་སྤྱན་གཉིས་པོ་སྔར་ལས་གསལ་བར་གྱུར་ཏོ། །དེ་ནས་ཡང་ལམ་ཁ་ཞིག་ཏུ་རྒྱལ་པོ་ཤིང་ཁྲི་བཙན་པོས། རྒྱལ་བུ་དྲི་མེད་ཀུན་ལྡན་ཡབ་ཡུམ་འཁོར་དང་བཅས་པ་གདན་དྲངས་ནས་མཆོད་པས་མཉེས་པར་བྱས་ཏེ། སྔར་གྱི་ནོར་བུ་དགོས་འདོད་དཔུང་འཇོམས་དེས་གཙོ་བྱས་ནོར་བུ་བསམ་གྱིས་མི་ཁྱབ་པ་ཕུལ་ནས་ཞུས་པ། རྒྱལ་བུ་དམ་པ་ཁྱེད་ཡུན་རིང་པོའི་བར་དུ་འོ་བརྒྱལ་བ་དེ་བདག་གིས་ལན་པས། བཟོད་པར་གསོལ་ཞིང་བདག་གི་རྒྱལ་སྲིད་འབངས་རྣམས་ཀྱང་ཁྱེད་ལ་འབུལ། བདག་རང་འཁོར་བ་ནས་འདྲེན་དུ་གསོལ། ཞེས་ཞུས་ནས་ཕྱག་དང་སྐོར་བ་མང་དུ་བྱས་པས། རྒྱལ་བུས་ཀྱང་དེ་ལྟར་ཞལ་གྱིས་བཞེས་སོ། །ཡབ་རྒྱལ་པོའི་དགྲ་ཟླ་དེ་ཡང་མངའ་འོག་ཏུ་ཚུད་དོ།།

དེ་ནས་ཡང་ཕྱིན་པས་ལམ་ཁ་ཞིག་ཏུ། སྔར་གྱི་བྲམ་ཟེ་གསུམ་གྱིས་སྲས་ཕྲུམ་སྲིང་གསུམ་པོ་ཁྲིད་བྱུང་སྟེ། རྒྱལ་བུ་ལ་ཕྱག་དང་སྐོར་བ་མང་དུ་བྱས་ནས་གསོལ་བ།

ངོ་མཚར་རྨད་བྱུང་ཡབ་ཡུམ་ཕེབས་ལགས་སམ།།

སྲས་མཆོག་ལྷམ་སྲིང་གསུམ་པོ་འདི་དག་གིས།།
བདག་ཅག་རྣམས་ལ་ཕན་ཐོགས་ཆེན་པོ་བྱུང་།།
ད་ནི་རྒྱལ་བུའི་སྐུ་དྲིན་འཇལ་ཕྱིར་འབུལ།།

ཞེས་ཞུས་ནས་ཡབ་ཡུམ་གཉིས་ལ་ཕུལ་བས། རྒྱལ་བུ་དྲི་མེད་ཀུན་ལྡན་གྱི་ཞལ་ནས་ངས་ལན་ཅིག་བྱིན་ཏེ་ལེན་པར་མི་ནུས་པས། ད་དུང་གང་ལྟོགས་ཀྱི་ལས་ཚོལ་ཅིག་གསུངས་པས། མཛེ་བཟང་མོས་རྒྱལ་བུ་ལ་གསོལ་བ།

རྒྱལ་བུ་ཆེན་པོ་བདག་ལ་ཚུར་དགོངས་དང་།།
རང་གི་ལུས་ལས་ཆད་པའི་མིང་སྲིང་གསུམ།།
ལོ་ནི་བཅུ་གཉིས་བྲམ་ཟེའི་གཡོག་ལ་བྱིན།།
ཨུ་དུམ་མེ་ཏོག་རྒྱ་ལམ་དུ་ནི་རྙེད།།
དེ་བས་དཀོན་པའི་མིང་སྲིང་གསུམ་པོ་འདི།།
རིགས་བཟང་རྒྱལ་པོའི་གདུང་རྒྱུད་ཡིན་གྱུར་ཀྱང་།།
རིགས་ངན་གཡོག་བྱས་སྡུག་བསྔལ་དཔག་མེད་མྱོང་།།
སྙིང་དང་འདྲ་བའི་མིང་སྲིང་གསུམ་པོ་འདི།།
ནོར་གྱིས་བླུས་ན་ཡོང་ངམ་ཇི་ལྟར་ལགས།།
ཞེས་ཞུས་པས། རྒྱལ་བུའི་ཞལ་ནས་འོ་ན་དེ་ལྟར་བྱའོ།།
བྲམ་ཟེ་གསུམ་པོ་བདག་གི་ཡུལ་དུ་འགྲོ།།

མིང་སྲིད་གསུམ་པོ་ནོར་གྱིས་བསླུ་བར་བྱ། །

ཞེས་གསུངས་པས་ཡང་བློན་པས། ཡུམ་གྱི་རྒྱལ་ཕྲན་དང་བློན་པོ་འཁོར་འབངས་དང་བཅས་པས་དཔག་ཚད་བཅུ་གཉིས་ཀྱི་ལམ་ལ་མཆོད་པ་བྱས་ཤིང་བསུ་བ་མཛད་དོ། །ཡབ་རྒྱལ་པོ་ས་སྐྱོང་གྲགས་པ་ཡང་དཔག་ཚད་བདུན་དུ་ སྲོས་དང་བཅས་བསུ་བ་ལ་ཕེབས་སོ། །ཧྥེ་ཧའི་པདྨ་ཅན་གྱི་ཕོ་བྲང་ནས་སྣང་བ་འོད་ཀྱི་གྲོང་ཁྱེར་གྱི་བར་ལ་གདུགས་དང་། རྒྱལ་མཚན་དང་། བ་དན་དང་། བསིལ་ཡབ་དང་། རྔ་ཡབ་དང་། གུར་ཁྲིམ་དང་། རོལ་མོ་དང་། མཆོད་སྤྲིན་དང་། གླུ་གར་དང་། ཧཱུ་སྦྲུ་ར་དང་། ཏིང་ཤག་དང་། གཡེར་ཁ་དང་། དཔལ་བསྟེགས་དང་། དུང་ཆེན་དང་། རྒྱ་གླིང་སོགས་འདི་ལྟ་བུའི་སྒྲ་ལ་སོགས་པས་གྲོང་ཁྱེར་གྱི་སྲང་བ་ཐམས་ཅད་དུ་ཁྱབ་པར་བྱས་ཏེ་བསུ་བ་བྱས་པ་དང་། རྒྱལ་བུ་ཡབ་ཡུམ་སྲས་ལྕམ་སྲིང་བྲམ་ཟེ་དང་བཅས་པ་རྣམས་སྣང་བ་འོད་ཀྱི་གྲོང་ཁྱེར་དུ་ཕེབས་པས། དེར་སྣང་བ་འོད་ན་རང་གི་རྒྱལ་ཕྲན་ཀུན་གཟིགས་ཞེས་བྱ་བའི་རྒྱལ་པོ་དེས། རྒྱལ་བུ་ཡབ་ཡུམ་འཁོར་དང་བཅས་པའི་མདུན་དུ་ཕྱག་དང་སྐོར་བ་མཆོད་པའི་བྱེ་བྲག་མང་པོ་ཕུལ་ནས། འདི་སྐད་ཅེས་གསོལ་ཏོ། །

གང་ཞིག་ནུབ་ཏུ་སོང་བའི་ཉི་མ་ཡང་། །

ལོག་ནས་ཤར་དུ་ཤར་བ་ཇི་བཞིན་དུ། །

སེམས་ཅན་ཀུན་གྱི་ཕ་མ་རྒྱལ་བུ་ཁྱེད། །
བདུད་རི་ལམ་མཐར་ཕྱིན་ནས་འདིར་ཕེབས་པ།།
འགྲོ་བ་སེམས་ཅན་ཀུན་ལ་བཀའ་དྲིན་ཆེ།།
བདག་ཅག་འཁོར་འབངས་ཀུན་གྱི་མྱ་ངན་བྲལ།།
ཁྱེད་འདྲའི་དྲི་མེད་ཀུན་ལྡན་དོན་གྲུབ་ཀྱིས།།
རང་གི་སྲས་དང་མིག་གི་དབང་པོ་ཡང་།།
གཞན་ལ་སྦྱིན་པར་བཏང་བ་འདིར་ཐོས་ཤིང་།།
དེ་ལྟར་གྱུར་ནས་ཡབ་ཆེན་རྒྱལ་པོ་ཡང་།།
ནོར་བུ་དགྲ་ལ་བྱིན་པ་ཕངས་སམ་ཅི།།
མཐུ་ལྡན་ལྷུན་པོ་རྒྱལ་མཚན་མི་དབང་ནི།།
དྲི་མེད་གྲགས་པའི་མཚན་ཅན་དམ་པ་ཁྱེད།།
དགའ་བའི་བསམ་གླིང་ཕོ་བྲང་དམ་པ་འདིར།།
ཁྱེད་ཀྱིས་རྒྱལ་སྲིད་ཆོས་བཞིན་སྐྱོང་བར་ཤོག།
བདག་ཀྱང་འདི་ནས་འཕོས་ཏེ་ཕྱི་མ་ལ།།
ཡང་ཡང་ཁྱོད་ཀྱི་འཁོར་དུ་སྐྱེ་བར་ཤོག།
སྨོན་ལམ་འདེབས་ཤིང་རྟེན་འབྲེལ་འཛོམས་པར་ཤོག།

ཅེས་གསོལ་ཏོ། །དེ་ནས་འབངས་རྒྱལ་ཕྲན་བློན་པོ་དང་བཅས་པ་ཀུན་གྱིས་བསུ་བ་བྱས་ཤིང་ཕྱག་དང་བསྐོར་བ་བྱས་ནས། རྒྱལ་པོ་གསེར་

ཅན་ལ་སོགས་རྒྱལ་སྲན་རྣམས་ཀྱིས་གསེར་གྱི་དོང་ཙེ་རེ་རེ་ཕུལ། རབ་བཟང་དང་དོན་ལྡན་ལ་སོགས་པའི་བློན་པོ་རྣམས་ཀྱིས་དངུལ་གྱི་དོང་ཙེ་རེ་རེ་ཕུལ། གཞན་ཡང་ཡུལ་མི་ཁྱིམ་མཆོས་འབངས་སོགས་སྐྱེ་བོ་རྣམས་ཀྱིས་ཀྱང་དངུལ་དང་། བཻཌཱུརྻ་དང་། བྱུ་རུ་དང་། ས་ལེ་སྦྲམ་ལ་སོགས་པའི་ནོར་བུ་མང་པོ་ཕུལ་ལོ། །དེ་ནས་གྲོང་ཁྱེར་དཔལ་བརྩེགས་མེ་ཏོག་ཏུ་ཡབ་རྒྱལ་པོ་དང་མཇལ། དེར་རྒྱལ་བུ་དྲི་མེད་ཀུན་ལྡན་ཡབ་ཡུམ་སྲས་དང་བཅས་པས་ཕྱག་ཕུལ་ནས་ཡབ་ཀྱི་ཕྱག་ལ་འཇུས་ཏེ་མང་དུ་བཤུམས་པས། ཡབ་ཀྱི་ཞལ་ནས། དེ་རིང་ཕ་བུ་ཕྲད་པའི་རྟེན་འབྲེལ་ལེགས་པས་དུ་བའི་དོན་མེད་ཅེས་གསུངས་ནས། རྒྱལ་བུ་དང་མཛེ་བཟང་མོའི་མཆི་མ་ཕྱིས་སྲས་ལྕམ་སྲིང་གསུམ་ལ་སྤྱི་བོའི་པང་དུ་ཞོག་གསུངས་པས། སྲས་གསུམ་པོས་ཡོང་དུ་མ་འདོད་པས། དེར་ཡབ་རྒྱལ་པོའི་ཞལ་ནས་ཅི་ཡིན་གསུངས་པས། ལེགས་ལྡན་གྱིས་གསོལ་བ།

དཔག་བསམ་ཤིང་ནས་ལྷུང་བའི་ཤིང་ཏོག་དེ། །
རྒྱ་མཚོར་བབས་ནས་ཀླུ་རྣམས་ཀུན་གྱིས་ཟ། །
རིགས་ཅན་གྲགས་པ་དཔལ་གྱི་སྲས་ཡིན་ཀྱང་། །
ཚད་པའི་ལས་ཀྱིས་མཐའ་འཁོབ་རི་ལ་ཕྱིན། །
ལམ་རིང་ཞུགས་ནས་མི་མེད་ལུང་སྟོང་དུ། །
དྲི་མེད་ཡབ་ཀྱིས་བྲམ་ཟེ་གསུམ་ལ་བྱིན། །

བདག་དང་ལེགས་དཔལ་ལེགས་མཛེས་མ་དང་གསུམ། །
ལུས་ནས་ཆད་པའི་མིང་སྲིད་སྲིན་པར་ཤིན། །
བྲམ་ཟེ་སོ་སོའི་ལས་དང་འཁོར་གཡོག་བྱས། །
མི་གཙང་ཟས་ཟོས་གོས་རྣམས་གྲིབ་ཅན་གྱོན། །
གྲིབ་དང་མནོལ་གྱིས་བདག་གསུམ་རྩོངས་གྱུར་པས། །
ཡབ་ཆེན་ཁྱེད་ལ་སྐུ་གྲིབ་ཕོག་པ་འདུག །
རྗེ་ཡི་པང་དུ་འོང་བ་མི་བྱའོ། །

ཞེས་སྨྲས་པ་དང་། སྲས་གསུམ་རིན་པོ་ཆེའི་སྡོད་དུ་སྤོས་ཆུས་ཁྲུས་བྱས། གོས་གསར་བ་བཏེགས་ནས། བྲམ་ཟེ་གསུམ་ལ་ལེགས་ལྡན་གྱི་རིན་ལ་གསེར་གྱི་དོང་ཙེ་ལྔ་བརྒྱ་གནང་། ལེགས་དཔལ་གྱི་རིན་དུ་དངུལ་གྱི་དོང་ཙེ་ལྔ་བརྒྱ་གནང་། ལེགས་མཛེས་མའི་རིན་དུ་གླང་པོ་ཆེ་སུམ་བརྒྱ་གནང་ནས། བྲམ་ཟེ་གསུམ་ལ་ལམ་རྒྱགས་དང་བཅས་ནས་ཡུལ་དུ་ལོག་གོ །དེ་ནས་རྒྱལ་བུ་དྲི་མེད་ཀུན་ལྡན་གྱིས་ཡབ་ལ་གསོལ་བ།

མི་དབང་ཡབ་གཅིག་རྒྱལ་པོ་བདག་ལ་དགོངས། །
ས་སྐྱོང་བསོད་ནམས་དཔལ་གྱི་རྒྱལ་པོ་ཡིས། །
བཀའ་ལུང་ཇི་ལྟར་གསུངས་པའི་ཆད་པ་ཁྲུར། །
ཐག་རིང་ལམ་དུ་ཉོན་མོངས་ཚད་པས་གདུངས། །
འཇིགས་པའི་རི་ལ་གཅན་གཟན་མ་ཉུངས་དང་། །

འདྲེ་སྲིན་གདུག་པ་ཅན་དང་གནོད་སྦྱིན་སོགས། །
མང་པོའི་དབུས་སུ་འཇིགས་པའི་སྐྱོད་ལམ་མྱངས། །
ཤིང་ལོའི་གོས་གྱོན་རྩ་ལ་གདན་བྱས་ནས། །
ཟས་སུ་ཤིང་ཏོག་ཟོས་ནས་སྒོམ་པའི་དུས། །
ཆུ་གྲང་འཐུང་ཞིང་སྐྱོ་གྲོགས་བྱ་ལ་བཙལ། །
འཇིག་རྟེན་ནོར་གྱི་ཕྱོགས་ལ་དགའ་ལས་ནི། །
བདག་གིས་མྱངས་པའི་སྡུག་བསྔལ་འདི་ལྟ་བུ། །
འགྲོ་བ་སེམས་ཅན་ཀུན་ལ་མི་འབྱུང་ཤོག །
ཡབ་ཀྱི་ནོར་བུ་དཔུང་འཇོམས་ནས་བཟུང་སྟེ། །
མིག་གི་དབང་པོ་བྱིན་པའི་བར་གྱི་ནི། །
སྦྱིན་པའི་ཕ་རོལ་ཕྱིན་པ་རྫོགས་པར་ཤོག །
ལས་དང་དགེ་བ་འདི་དག་བསྔོམས་པས་མཐུས། །
འགྲོ་བ་སེམས་ཅན་མ་ལུས་བདེ་གྱུར་ཅིག །
ཁྱད་པར་ས་སྐྱོང་ཡབ་རྗེ་རྒྱལ་པོ་ནས། །
སྐྱེ་བོ་འབངས་འཁོར་མ་ལུས་ཐམས་ཅད་ཀྱི། །
ལས་དང་སྒྲིབ་པ་བག་ཆགས་ཀུན་ཞི་ནས། །
ཕྱི་མ་ཐམས་ཅད་མཇལ་བའི་སྨོན་ལམ་འདེབས། །
བདག་གིས་སྦྱིན་པ་བཏང་བའི་དགེ་ཚོགས་རྣམས། །

འབྲས་བུ་སངས་རྒྱས་ཐོབ་པའི་དགེ་བར་བསྔོ། །

ཞེས་གསུངས་པས། ཡབ་རྒྱལ་པོས་སྲས་ལ་བཀའ་བསྩལ་པ།

ཁྱོད་ཀྱིས་ཇི་ལྟར་སྨྲས་པ་དེ་ལྟར་བདེན། །

མ་རྟོགས་ཉེས་པའི་སྐྱོན་གྱིས་ཁྱོད་ཉིད་ལ། །

ཆད་པའི་ལས་ལ་སྦྱར་ནས་ཕྱི་རོལ་སྐྱུགས། །

ཉོན་མོངས་བཅས་པ་དུ་མ་སྤྱོད་པ་དང་། །

བདག་ཉིད་རྒྱལ་བློན་འཁོར་བཅས་གྲོས་ལ་ཞན། །

ཐག་རིང་ལམ་དུ་གཞོན་ནུ་སླེབས་ཙ་ན། །

བུ་ཚ་མིག་དང་བཅས་པ་གཞན་ལ་བྱིན། །

རྟ་དང་ཤིང་རྟ་ནོར་དང་འབྲུ་ལ་སོགས། །

མ་ལུས་སྦྱིན་པ་བདག་གི་ཆ་བས་ཐོས། །

དེ་ལྟར་གྱུར་ན་ནོར་བུ་དཔུང་འཇོམས་ཀྱང་། །

དགྲ་ལ་སྦྱིན་པ་བྱིན་ལ་འགྱོད་མ་གྱུར། །

ད་ནི་ཁྱེད་ཀྱིས་མཛད་པ་བདག་གིས་ཐོས། །

ཤིན་ཏུ་ཡིད་ཆེས་དགའ་སྤྲོ་དཔག་མེད་སྐྱེས། །

སྔར་བྱས་ཁྱེད་ལ་སྡོ་བའི་ཉེས་པ་ཀུན། །

མ་ལུས་བཟོད་པར་མཛོད་ལ་ཐུགས་ཀྱིས་དགོངས། །

ཕྱིན་ཆད་སྒྲིབ་པ་མ་ལུས་བཤགས་པའི་ཕྱིར། །

བདག་གི་བང་མཛོད་གཏེར་གྱི་མཚོ་ཆེན་རྣམས། །
ཁྱོད་ལ་འབོགས་པས་ཅི་དགར་སྤྱིན་པར་ཐོངས། །

ཞེས་གསུངས་ནས་ཡབ་ཀྱིས་སྲས་དང་མཛེས་བཟང་མོ་གཉིས་ཕྱག་གིས་ཁྲིད། སྲས་ལྕམ་སྲིང་གསུམ་ཤིང་རྟ་ལ་བསྐྱོན་ནས་ཕོ་བྲང་གི་སྒོ་དྲུང་དུ་ཕེབས་དུས་ཡུམ་དགེ་ལྡན་བཟང་མོས་ཐོག་དྲངས་བཙུན་མོའི་ཚོགས་རྣམས་ཀྱིས་སྤྱོས་དང་བཅས་བསུ་བ་བྱེད་དོ། །དེ་ནས་ཡབ་རྒྱལ་པོ་ན་རེ།

གཏོང་ཕོད་ལྡན་པའི་དྲི་མེད་ཀུན་ལྡན་དང་། །
དགོས་འདོད་དཔུང་འཛོམས་དགྲ་ལ་བྱིན་པ་བཅས། །
བསོད་ནམས་སྟོབས་ཀྱིས་ཚུར་ལ་བྱོན་ནས་བྱུང་། །
ད་ནི་ལེགས་བཤད་གཏམ་དང་ཁྲ་ཡིག་དང་། །
དཔུང་འཛོམས་ནོར་བུས་ཐོག་དྲངས་གཙུག་རྒྱན་དང་། །
གསེར་དངུལ་རྟ་དང་བང་མཛོད་མ་ཧེའི་ཚོགས། །
སྲིད་དང་རྒྱལ་ཕྲན་བློན་པོ་བཅས་པ་དང་། །
སྐྱེ་བོའི་འབངས་དང་དཔུང་ཚོགས་མ་ལུས་རྣམས། །
གཞོན་ནུ་བརྩེ་བ་ཆེན་པོས་དང་དུ་ལོངས། །

ཞེས་གསུངས་ནས་རིན་པོ་ཆེའི་རྒྱན་སྙེར་དང་། བློན་འབངས་རྒྱལ་ཕྲན་དང་བཅས་པ་ཕྱག་ཏུ་ཕུལ། ཙནྡན་གོ་ཤི་ཥའི་ཁྲི་ལ་རྒྱལ་བུ་གདན་དྲངས། རྒྱལ་རིགས་འཁོར་ལོ་ཆེ་ནས་བཟུང་སྟེ། རྒྱལ་བུ་དྲི་མེད་ཀུན་ལྡན་

གྱི་ཕྲུག་ཏུ་ཕྲུལ། དེ་ནས་ཡང་ཡབ་རྒྱལ་པོས་གསུངས་པ།

ཡིད་འོང་མཛེས་པའི་དྲི་མེད་བུ་ཁྱོད་ཀྱིས། །

བདག་གི་ནོར་ལ་ཇི་ལྟར་དགྱེས་པར་མཆོད། །

རྒྱལ་ཕྲན་འབངས་དང་བཅས་པ་ཐམས་ཅད་སྐྱོངས། །

རྒྱལ་ཁྲིམས་གསེར་གྱི་གཉའ་ཤིང་ལྟ་བུར་སྲུངས། །

ཆོས་ཁྲིམས་ཐར་པའི་རྒྱལ་མཚན་མ་ལུས་ཚུགས། །

དབང་ཡོད་ཕྱིག་ལ་རྒྱབ་ཀྱིས་ཕྱོགས་པར་མཛོད། །

མཆོད་གནས་དགེ་འདུན་བཅས་པ་གཙུག་གིས་ཁུར། །

དམ་ཆོས་རིན་ཆེན་གཙུག་ལག་ཁང་ལ་སོགས། །

ཕྱག་མཆོད་རྟེན་གྱིས་དགེ་གནས་དུ་མ་ཚུགས། །

དད་ལྡན་གཞན་ལ་མིག་ལྟོས་ལེགས་པར་མཛོད། །

བྱམས་དང་ཞི་བས་ཕྱི་ཡི་དགྲ་རྣམས་ཐུལ། །

ཁོང་ཡངས་འཇུམ་གྱིས་ནང་གི་གཉེན་རྣམས་སྐྱོངས། །

ཕ་ཡིས་སྨྲས་པའི་ཚིག་གི་ཕྲེང་བ་འདི། །

ལྷ་ཡི་བརྒྱ་བྱིན་མི་ལ་འཁྲོས་འདྲ་བའི། །

དྲི་མེད་ཀུན་ལྡན་ཁྱེད་ལ་དེ་རིང་གདམས། །

ལེགས་སྦྱར་མཛད་པའི་གཏམ་གྱི་ཕྲེང་བ་འདི། །

གཞོན་ནུ་ཁྱོད་ཀྱི་སྙིང་གི་དཀྱིལ་དུ་ཚོངས། །

ཞེས་གསུངས་ནས། གསེར་གྱི་ཐམ་ག་ཨིནྡྲའི་ཞབས་ཀྱི་རྟགས་ཅན་དང་དཔལ་བེའུ་ཤེལ་གྱི་ཐམ་ག་དང་། སྤུག་པ་དཀར་པོ་མཚེ་གའི་ཐམ་ག་རྣམས། རྒྱལ་བུའི་ཕྱག་ཏུ་ཕུལ་ནས། རྒྱལ་བུ་དྲི་མེད་ཀུན་ལྡན་ཡབ་ཀྱི་རྒྱལ་ཚབ་ཏུ་དབང་བསྐུར་ནས། དཔག་ཚད་བཞི་བཅུ་རྩ་ལྔའི་བར་དུ་དགའ་སྟོན་ཡང་རྒྱས་པར་བྱས་སོ། །

དེ་ནས་རྒྱལ་བུ་དྲི་མེད་ཀུན་ལྡན་གྱིས་རྒྱལ་སྲིད་བསྐྱངས་ཏེ། རྒྱལ་བུའི་བསོད་ནམས་དང་མཐུ་སྟོབས་ཀྱིས་སྔར་ལས་ཀྱང་རྒྱས་པར་གྱུར་ཏོ། །དེ་ནས་ལྷའི་དབང་པོ་བརྒྱ་བྱིན་གྱིས་རྒྱལ་བུ་ལ་འདི་སྐད་གསུངས།

ཕ་རོལ་གཞན་ལ་བྱིན་ནས་དགེ་བ་བསྔོས། །
མཐའ་མེད་ཡབ་ཀྱིས་བདུད་རི་ཆེ་ལ་སྤྱུགས། །
དྲག་པོའི་སྡུག་བསྔལ་ཐམས་ཅད་མ་ལུས་པ། །
ཐེག་པར་ཁུར་ནས་སེམས་ཅན་མ་ལུས་ཀྱི། །
དོན་གྱི་ཕྱིར་དུ་བུ་དང་བུ་མོ་བྱིན། །
ཉི་ཤུ་གཉིས་པ་ཞེས་པའི་དུས་ཀྱི་ཚེ། །
རང་གི་མིག་གི་དབང་པོ་སྦྱིན་པར་བྱིན། །
གཞན་ལས་གསལ་བའི་མིག་དབང་མཆོག་ཐོབ་ནས། །
རང་ཡུལ་སླེབས་ཏེ་རྒྱལ་སྲིད་འཁོར་ལོ་བཟུང་། །
ཡོ་ལང་རྒྱལ་སྲིད་སྙིང་པོ་མེད་དགོངས་པར། །

འགྲོ་བ་ཀུན་ལ་མ་ལུས་བསྐྱུར་ནས་བྱིན།།
བླ་མེད་བྱང་ཆུབ་སྒྲུབ་པའི་སྨོན་ལམ་བཏབ།།
མཐར་རྫོགས་གྲགས་པའི་དབང་ཕྱུག་ཁྱོད་ལྟ་བུ།།
ས་སྟེང་འདི་ན་སྒྲོན་མེ་གཅིག་པོ་སྟེ།།
ཁྱོད་ལས་ལྷག་པའི་འཁོར་ལོས་བསྒྱུར་བ་དཀོན།།
དྲི་མེད་འདི་ནས་འདས་ཏེ་ཤར་ཕྱོགས་སུ།།
པོ་ཏའི་རི་ལ་བཟང་པོ་རྒྱས་པ་ཞེས།།
ཡོངས་སུ་གྲགས་པའི་སངས་རྒྱས་སྲས་སུ་སྐྱེ།།
དེས་ཀྱང་མ་དག་འགྲོ་བ་འདྲེན་པར་འགྱུར།།
ཆོས་ཀྱི་འཁོར་ལོ་བསྐོར་ཞིང་མངོན་སངས་རྒྱས།།
ཡབ་རྗེ་ས་སྐྱོང་རྒྱལ་པོ་གྲགས་པ་ཡང་།།
བསྐལ་པ་བྱེ་བ་བརྒྱ་འདས་རྗེས་ལ་ནི།།
བསྐལ་པ་འོད་ཅན་ཞེས་པའི་དུས་ཀྱི་ཚེ།།
སངས་རྒྱས་གངས་ཅན་བྱ་བར་སྐུ་འཁྲུངས་ནས།།
བསྟན་པའི་ཆོས་སྲིད་དར་ཞིང་རྒྱས་པར་སྐྱོང་།།
དགེ་ལྡན་བཟང་མོ་ཞེས་བྱའི་བཙུན་མོ་འདི།།
ཚེ་འཕོས་གཡུ་ལོའི་ཞིང་ཁམས་དག་པ་རུ།།
སྐྱེ་དགུ་འཛིན་པའི་བདག་མོར་སྐྱེ་བར་འགྱུར།།

མཧཱི་བཟང་མོ་ཞེས་བྱའི་བཙུན་མོ་འདི།།
ཕྱི་མ་སྐྱེ་བ་འདི་བོར་སིང་ཧ་ཡི།།
རྒྱལ་པོ་བདེ་བྱེད་བྱ་བའི་སྐྱེ་བ་ལེན།།
རིགས་བཟང་སྲས་མཆོག་རྒྱལ་བུ་སིང་སྲིང་གསུམ།།
ཕྱི་མ་རྒྱ་གར་ལྷོ་ཕྱོགས་གནས་དག་ཏུ།།
ཚེ་བ་རྒྱལ་པོ་དོན་ལྡན་མཆོག་ཏུ་སྐྱེ།།
ཆུང་བ་སྤྲིན་གྱི་དཔལ་འཛིན་བྱ་བར་སྐྱེ།།
སྲས་མོ་ལེགས་མཛེས་སིང་ཙན་བུ་མོ་དེ།།
ཨུ་རྒྱན་ཡུལ་དུ་ར་ཛ་བདེ་ཞེས་བྱ།།
སིང་ཙན་དེ་ཡི་སྲས་སུ་སྐྱེས་ནས་ནི།།
ས་ཧ་ས་ཧ་ཆེན་པོ་བྱ་བ་ཡི།།
རྒྱལ་སྲིད་འཁོར་ལོ་ཆེན་པོ་འཛིན་པར་འགྱུར།།
བློན་པོ་ཆེན་པོ་ཟླ་བ་བཟང་པོ་ནི།།
མནན་ནེ་ཞེས་བྱའི་ཡུལ་ཕྱོགས་དག་པ་ཏུ།།
རྒྱལ་པོ་ཀུན་དགའ་བཟང་པོའི་སྲས་སུ་སྐྱེ།།
བསོད་ནམས་མཐར་ཕྱིན་དྲི་མེད་ཀུན་ལྡན་གྱི།།
དགེ་བའི་སྤྲོལ་གཏོད་བཟང་པོའི་འབྲས་བུ་ཡིས།།
ཡབ་ཡུམ་བློན་འབངས་སྲས་བཅས་བདེ་ལ་བཀོད།།

སངས་རྒྱས་མི་ཡུལ་འབྱུངས་པ་རྒྱལ་བའི་གདུང་། །
དེ་ལྟར་ངོ་མཚར་ལྡན་པའི་རྒྱལ་བུ་ཁྱོད། །
ས་ལམ་འདི་ནས་རྟག་ཏུ་རྒྱས་གྱུར་ཅིག །
ཁྱོད་ནི་ངོ་མཚར་པདྨའི་ལྦུམ་ར་འདི། །
ཐབས་ཤེས་ལྡན་པའི་རིག་པའི་རླན་ཐྲེད་ལས། །
དགེ་བའི་འབྲས་བུའི་སྡོང་པོ་འདི་ལྟ་བུ། །
ལེགས་པར་སྐྱེས་ནས་ཡོངས་སུ་རྫོགས་པའི་ཚེ། །
རྣམ་བཀྲའི་མེ་ཏོག་ཡོན་ཏན་དུ་མ་བཀྲ། །
ལྷུན་པོ་མཛེས་པའི་ཟེའུ་འབྲུ་དྲི་མ་མེད། །
ཕྱི་མར་བདེ་ཐོབ་འདི་ནས་གྲགས་པའི་སྒྲས། །
ས་སྟེང་མ་ལུས་ཁྱབ་པའི་འབྲུག་སྒྲ་ཅན། །
མིང་ཅན་དྲི་མ་མེད་པ་རྒྱས་གྱུར་ཅིག །
བདག་ཀྱང་ལྷ་ཡི་ཚེ་ལས་འཕོས་ནས་ནི། །
ཁྱེད་ཞབས་མཆོག་གྱི་བོར་ལེན་པར་ཤོག །
རྟག་ཏུ་ལུས་དང་གྲིབ་མ་ཇི་བཞིན་དུ། །
འབྲལ་མེད་རྟག་ཏུ་འགྲོགས་པའི་སྨོན་ལམ་འདེབས། །

ཞེས་སྨྲས་ནས་དེ་མ་ཐག་ཏུ་མི་སྣང་བར་གྱུར་ཏོ། །དེ་ནས་མཛེ་བཟང་མོས་རྒྱལ་བུ་ལ་སྨྲས་པ། དེ་ལྟ་བུའི་ལྷའི་གཟུགས་ལྟ་ན་སྡུག་པ་

དེ་མི་སྣང་བར་ཡལ་འགྲོ་བའི་རྒྱུ་མཚན་ཅི་ལགས་ཞུས་པས། རྒྱལ་བུས་གསུངས་པ།

བཟང་མོ་མ་གཡེང་དར་ཅིག་ཉོན།།
ལྷུམ་རའི་མེ་ཏོག་ཧ་ལོ་ཡང་།།
ཅོ་གའི་མགྲིན་འགྱུར་ཆགས་པའི་དུས།།
ཧ་ལོ་མེ་ཏོག་ཡལ་ནས་འགྲོ།།
སྟོན་དུས་རྨ་ཁའི་ཟིལ་བ་དེ།།
གོས་སེར་ཤར་བའི་ཚེ་ན་བསྐམ།།
ནམ་མཁའི་འཇའ་ཚོན་ལེགས་པོ་ཡང་།།
ཡུད་ཙམ་མི་སྡོད་ཡལ་ནས་འགྲོ།།
ཡུམ་དང་བུ་ཚ་བཅས་འཛོམས་འདི།།
ཨ་ཤྭ་ཏྠཿཡི་མེ་ཏོག་འདྲ།།
ཡུད་ཙམ་བསྡད་ནས་ཡལ་བར་འགྱུར།།
འདི་ཉིད་བྱ་བ་ཡུད་ལས་མེད།།
གནས་སྐབས་འདི་ཡི་འབྲེལ་བ་ཡང་།།
ཡུད་ལས་མེད་པས་སེམས་ཉིད་སྐྱོ།།
དེ་ནི་མི་ཡུལ་འདི་ནས་ནི།།
ལོ་ནི་བརྒྱ་དང་སུམ་ཅུ་སོང་།།

སྡོད་པ་འདི་ཡང་འགྲོ་བའི་དོན། །
བྱེད་པར་སྨོན་ལམ་བཏབ་པ་ཡིན། །
ང་ཡི་རྒྱལ་ཚབ་ནོར་བུ་འདི། །
བུ་ནི་གཞོན་ནུ་གཉིས་ཀྱིས་བཟུང་། །
དང་དུ་ལོངས་ལ་གཞན་ཕན་སྒྲུབས། །

ཞེས་གསུངས་ནས། རྒྱལ་སྲིད་རྣམས་སྲས་གཉིས་ལ་ཕུལ། རྒྱལ་པོ་དགའ་བའི་དཔལ་གྱི་བུ་མོ་མཁའ་འགྲོ་མ་མཚོ་རྒྱལ་གྱི་སྤྲུལ་པ་ཡིན་པ་དེས་ཐོག་དྲངས་པའི་བུ་མོ་ལྔ་བརྒྱ་སྲས་གཉིས་ཀྱི་བཙུན་མོར་བཞེས། དགའ་སྟོན་དང་ཁྲི་སྟོན་ཡང་དཔག་ཚད་བཅུ་གཉིས་ཚུན་ལ་རྒྱས་པར་བྱས་སོ། །སྲས་མོ་ལེགས་མཛེས་མ་ནི་བྲམ་ཟེ་བདེ་བྱེད་ཀྱི་བུ་ལ་རྫོངས་སོ། །དེ་ནས་རྒྱལ་བུ་དྲི་མེད་ཀུན་ལྡན་དང་། བཙུན་མོ་མཛེ་བཟང་མོ་དང་། བློན་པོ་ཟླ་བ་བཟང་པོ་དང་། བློན་པོ་གྲགས་བྱེད་ཀྱི་བུ་དང་། བློན་པོ་རྒྱལ་མཚན་དང་བཅས་པ་རྣམས་རི་བོ་ཆེན་པོ་སེང་ལྷ་ལར་སྒོམ་དུ་ཕེབས་སོ། །རྒྱལ་སྲིད་ནི་སྲས་གཉིས་ཀྱིས་སྔར་བཞིན་བསྐྱངས་སོ། །

དེ་ནས་མི་ལོ་ལྔ་ནས་རྒྱལ་བུ་དྲི་མེད་ཀུན་ལྡན་ཡབ་ཡུམ་གཉིས་མེ་ཏོག་པདྨ་དམར་སེར་གཉིས་སུ་གྱུར་ནས། རྒྱ་གར་ལྷོ་ཕྱོགས་སུ་རླུང་གིས་བསྐྱོད་ནས་ཕྱིན་སོང་ངོ་། །དེ་ནས་བློན་པོ་རྣམས་རང་གི་ཡུལ་དུ་ལོག་ནས། རྒྱལ་བུ་ཡབ་ཡུམ་གཉིས་ནི་མྱ་ངན་ལས་འདས་སོ་ཞེས་

བསྒྲགས་སོ། །སྲས་གཉིས་ཀྱང་ཤིན་ཏུ་དད་མོས་ཀྱི་སྒོ་ནས། ཡབ་ཡུམ་གཉིས་ཀྱི་དོན་དུ་རྒྱལ་བའི་གསེར་འབུམ་སྟོང་རྩ་གཅིག་བཞེངས་ཏེ་མཐར་བཀྲ་ཤིས་སོ།།